小學生必背古詩七十篇

智能教育出版社

責任編輯　蔡凌志
裝幀設計　劉桂洪

書　名　小學生必背古詩 七十篇
注　釋　張雙平
出　版　智能教育出版社
香港鰂魚涌英皇道 1065 號 1304 室
INTELLIGENCE PRESS
Rm. 1304, 1065 King's Road, Quarry Bay, Hong Kong
香港發行　香港聯合書刊物流有限公司
香港新界大埔汀麗路 36 號 3 字樓
印　刷　深圳中華商務安全印務股份有限公司
深圳市龍崗區平湖鎮萬福工業區
版　次　2004 年 6 月香港第一版第一次印刷
2008 年 12 月香港第一版第三次印刷
規　格　特 16 開（152×228mm）176 面
國際書號　ISBN 978 · 962 · 8830 · 55 · 8

Published in Hong Kong

本書原由人民文學出版社以書名《小學生必背古詩70篇》出版，
經由原出版者授權本公司在港台海外地區出版發行中文繁體字本。

導讀

中國教育部於二○○一年七月頒佈了《全日制義務教育語文課程標準》，本書就是根據《標準》小學部分的優秀古詩推薦背誦篇目編寫的。書中所編選的七十首古詩詞，最早的距今已有大約兩千年，最晚的也有一百六十多年了。在這個漫長的歷史過程中，古代作家們寫出了難以計數的作品，本書所選的這七十首只是其中很小的一部分，但它們都是篇幅短小、文辭優美、內容健康易懂、讀來琅琅上口的藝術珍品，很適合少年兒童誦讀、記憶。

中國古代詩歌是很富於形象性和音樂性的，通過記誦這些詩詞，讀者可以受到多個層次的藝術感染和美的薰陶。詩中既展現了大自然的美，也展現了人類的心靈之美。許多詩詞描寫了祖國各地四季的優美風光，春天的美景尤其是詩人們喜愛的題材，《春曉》、《漁歌子》、《憶江南》、《江南春》、《春日》、《村居》等都是描寫春天的。此外，像《敕勒歌》裡草原遼闊蒼茫的景象，《詠鵝》裡“曲項向天歌”的白鵝形象，《望廬山瀑布》裡“飛流直下三千尺”的壯觀景色等，也都使人油然而生對大自然的熱愛。

《送元二使安西》、《九月九日憶山東兄弟》、《遊子吟》、《靜夜思》等詩中表現出來的深摯的友情、親情、思鄉之情，《示兒》、《石灰吟》、《竹石》等詩中表現出來的愛國情懷、犧牲精神和堅強意志，千百年來打動了一代又一代的讀者，這些人類最美好的情感，同樣也會在今天的少年讀者們心中激蕩。而像《賦得古原草送別》中頌揚頑強生命力的“野火燒不盡，春風吹又生”，《憫農》中提醒愛惜勞動成果的“誰知盤中餐，粒粒皆辛苦”，《登鸛雀樓》中的“欲窮千里目，更上一層樓”等千古傳誦的名句，則散發出哲理的光輝。從這些詩詞中，小讀者們可以受到思想、情操方面的啟發和影響。

通過學習、記誦這些詩詞，讀者們還可以增加多方面的知識。首先是語言文字，尤其是古代語言文字方面的知識，了解中國詩歌的形式特點，感受其精練、富於形象性和音樂性的特色，在豐富詞彙、提高鑒賞能力和寫作技巧等方面起到良好的作用，並為以後接觸更多的中國文化典籍打下基礎。

其次是增加歷史、地理、社會、自然等各方面的知識。比如通過學習《出塞》、《夏日絕句》，可以了解歷史上的李廣、項羽等英雄人物，通過《涼州詞》、《早發白帝城》、《楓橋夜泊》、《望洞庭》等，則可以了解中國南北許多地方的地理特色；《元日》、《九月九日憶山東兄弟》告訴我們古時候春節、重陽節的風俗，《四時田園雜興》、《鄉村四月》則描繪了農村的生產生活情景。由詩詞中學到的這些知識，還可以與其他學科的學習聯繫起來。

本書在選收的詩詞下面附有作者簡介、註釋和解讀三部分輔導學習的文字。註釋部分是對某些難懂字詞的解釋，釋義力求準確簡明。解讀部分是為了幫助小讀者和老師、家長們更好地了解文章的思想內容和藝術特色。每篇解讀都力求抓住文章的主要內容和特色加以分析，必要時也加入一些相關的背景介紹。另外，書中還插入了二十多幅與詩詞內容相適應的中國古代繪畫精品，我們常說“詩中有畫，畫中有詩”，通過學習和欣賞這些詩、畫，可以更深刻地體會到中國古代藝術作品詩情畫意自然相融的特色。

少年兒童正處於發育成長和學習階段，精力旺盛，求知慾強，記憶力也處在上升時期，適當地背誦一些優秀古詩文，對智力發育也是有益的。以後隨着他們長大成人，還會不斷地接觸和學習更多的優秀文化遺產，其中的一些會積澱下來並產生深遠影響，構成他們個人生命中一道美麗的藝術長廊，永遠給他們以教益、激勵和藝術美感。我們期望，本書選收的這七十首詩詞能夠成為這道藝術長廊中的基石。

我們衷心希望本書能夠成為廣大小學生及家長、老師們喜愛的詩文讀本。我們希望它的出版，能為廣大小學生學習、誦讀古代優秀詩文提供切實的幫助，使他們得到多方面的教益，從而為推進素質教育、建設基礎教育新課程做出一份貢獻。

由於水平所限，本書難免會有不能讓人完全滿意的地方，敬請讀者朋友們提出寶貴意見。

編者

目錄

江南

漢樂府

江南可採蓮，

蓮葉何田田①。

魚戲蓮葉間。

魚戲蓮葉東，

魚戲蓮葉西，

魚戲蓮葉南，

魚戲蓮葉北。

【漢樂府】

樂府是秦漢時期官方設立的音樂機構，漢武帝時曾經大規模地擴建樂府，並從全國各地收集民間詩歌，配樂演唱。有許多歌辭一直流傳到今天，人們把這些歌辭也稱作“樂府”，後來“樂府”就成為一種詩歌體裁名稱。

【註釋】

① 田田：形容荷葉挺出水面、飽滿勁秀的樣子。

【解讀】

這首詩屬於漢樂府《相和歌辭》，是一首一人唱、多人和(hè)的歌。詩的後面五句每句只改變一個字，正表明了這種唱和的特點。而且這種反覆回環的吟唱，更增加了音樂感和表現力。歌中描繪了江南荷花的豐茂盛美，以及魚兒在荷花荷葉間自由自在嬉戲的情景，同時也暗示了採蓮人正在快樂嬉戲。整首小歌簡明歡快，充滿江南風情。

清　趙之謙　《荷花》

敕勒歌[1]

北朝民歌

敕勒川[2]，陰山[3]下。

天似穹廬[4]，籠蓋四野[5]。

天蒼蒼，野茫茫。

風吹草低見[6]牛羊。

【北朝民歌】

公元四到六世紀，中國北方大部分地區在鮮卑、匈奴等少數民族的統治之下，先後建立了北魏等五個政權，歷史上稱作“北朝”。北朝人民主要過着遊牧生活，有許多民歌流傳下來，這些歌謠風格豪放粗獷，反映了中國北方民族的勇敢豪邁精神。

【註釋】

① 敕勒：中國南北朝時期的一個少數民族，以遊牧為生。

② 敕勒川：就是敕勒族居住的平原地區，在今天的山西北部及甘肅、內蒙古南部一帶。

③ 陰山：山脈名，大部分在今內蒙古自治區境內，全長約 1,200 公里。

④ 穹廬：遊牧民族居住的圓形帳幕。

⑤ 四野：四面的原野。“野”在這裡唸作 yǎ 。

⑥ 見：同“現”，顯現，露出。注意不要讀成 jiàn 。

【解讀】

相傳這是北齊武將斛（hú）律金演唱的一首敕勒民歌，原文是鮮卑語，後來才翻譯成漢語。它生動地描繪了中國北方草原遼闊壯麗的風景，表達了遊牧民族對於家鄉的熱愛。雖然它是從鮮卑語翻譯過來的，但語句自然流暢，富有節奏感和韻律美，讀起來琅琅上口，被前人稱為“千古絕唱”。

詠鵝

〔唐〕駱 賓 王

鵝，鵝，鵝，

曲 項① 向 天 歌。

白 毛 浮 綠 水，

紅 掌 撥 清 波。

【作者】

駱賓王（約640—約684），婺（wù）州義烏（今浙江省義烏）人，唐初著名詩人，“初唐四傑”之一。他小時候就能寫一手好詩，被稱為“神童”。曾參加反對武則天的軍事活動，失敗後不知所終。

【註釋】

① 曲項：指鵝彎彎的脖子。

【解讀】

相傳寫這首詩的時候，駱賓王只有七歲。短短十幾個字，生動傳神地刻畫了兒童眼中的大白鵝形象：開頭一連三個“鵝”字，是在模仿鵝的歡叫，也表現了兒童看見鵝後的驚喜。後面兩句使用一連串顏色詞：白、綠、紅、清，構成了一幅色彩鮮明的圖畫。整首小詩音韻輕快、畫面純淨、風格自然活潑，是一首優秀的兒童詩。

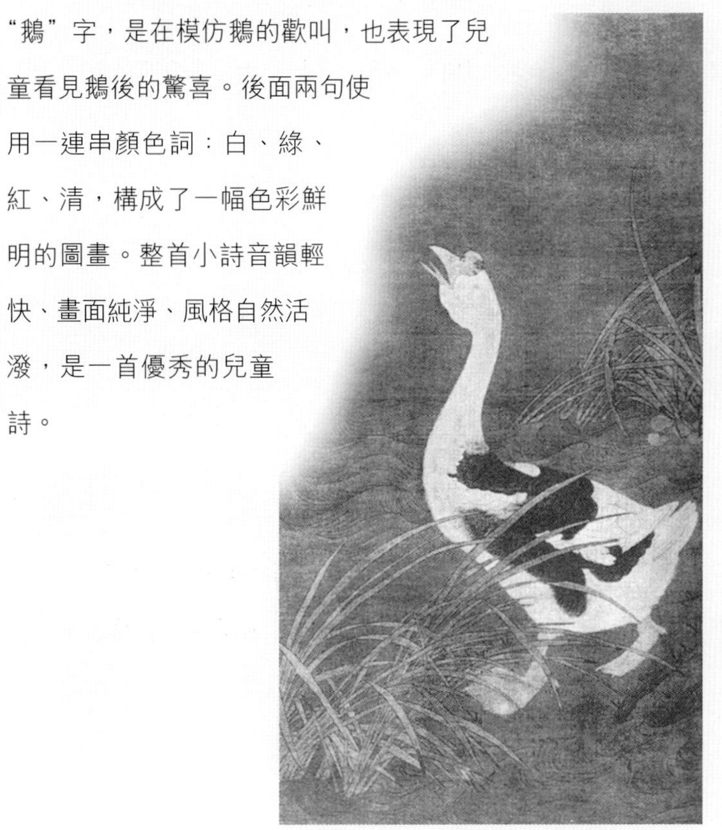

宋　劉松年　《鵝》

風

〔唐〕李　嶠

解[1]　落　三　秋　葉，

能　開　二　月　花。

過　江　千　尺　浪，

入　竹　萬　竿　斜。

【作者】

李嶠（645—714），字巨山，趙州贊皇人。他是唐朝武后、中宗時著名宮廷詩人，與杜審言、蘇味道、崔融並稱“文章四友”。有《李嶠集》。

【註釋】

① 解：能夠，會。

【解讀】

這首小詩實際上是一篇以"風"為描寫對象的説明文。什麼是風呢？它看不見，摸不着，但你又時時處處都能感受到它：它在秋天能夠吹落樹葉，在春天能夠催發鮮花。吹過江面時，掀起千尺高的巨浪；吹入竹林時，千竿萬竿的竹子紛紛傾斜倒伏。全詩中沒有出現一個"風"字，但讀後彷彿可以聽到滿紙都是颯颯的風聲。如果把題目蓋住，這四句話其實就是一個謎語。把這首詩唸給別人聽，看他能不能猜出詩人寫的是什麼。

清　李方膺　《風竹圖軸》

詠 柳

〔唐〕賀 知 章

碧 玉[1] 妝 成[2] 一 樹 高，

萬 條 垂 下 綠 絲 縧[3]。

不 知 細 葉 誰 裁 出，

二 月 春 風 似 剪 刀。

【作者】

賀知章（659—744），字季真，晚號四明狂客，越州永興（今浙江省蕭山）人。生活於盛唐時期。他喜歡飲酒，被杜甫稱為“飲中八仙”之一，和李白的關係很好。

【註釋】

① 碧玉：青綠色的玉，這裡比喻柳樹的樹幹。

② 妝成：打扮，妝飾。

③ 絲縧：用絲線編織成的帶子。這裡比喻柔嫩的柳條。

【解讀】

春天來了，柳樹開始發芽變綠。在經過了一個漫長灰暗的冬季之後，詩人看到柳樹碧綠柔軟的枝條在和煦（xù）的春風中搖曳（yè），心中充滿喜悅之情。他一連使用好幾個比喻，來表達自己對於傳遞春天消息的柳樹的喜愛：樹幹像碧玉，枝條像絲縧。而二月的春風，正是裁剪出這些纖柔嫩葉的剪刀。這些新穎貼切的比喻是本詩的重要特色。

元　盛昌年　《楊柳春燕圖》

涼州詞①

〔唐〕王之渙

黃河遠上白雲間，

一片孤城②萬仞③山。

羌笛④何須⑤怨⑥楊柳⑦，

春風不度⑧玉門關⑨。

【作者】

王之渙（688—742），字季凌，太原人，一生中在政治上不太得意。他描寫西北邊地風光的詩大氣磅礴（pángbó），音韻優美。絕句成就很高，可惜流傳下來的作品很少，《全唐詩》僅錄存其詩六首，但篇篇堪稱精品。

【註釋】

① 涼州詞：唐代樂府曲名。詩題又作《出塞》。

② 孤城：孤零零的城，這裡指玉門關。

③ 萬仞：形容高。一仞為八尺。

④ 羌笛：據説笛子是從西羌傳入的樂器，所以稱作“羌笛”。羌是中國古代西部的一個少數民族。

⑤ 何須：不須，不用。

⑥ 怨：曲調哀怨。

⑦ 楊柳：指樂府《橫吹曲》中的《折楊柳》。同時雙關指自然界中的楊柳樹。

⑧ 不度：不到。

⑨ 玉門關：在今甘肅敦煌縣西北，是漢唐通往西域的重要關口。

【解讀】

這是一首邊塞詩，詩的開頭兩句寫得開闊蒼涼：在蒼茫的大地上，九曲黃河蜿蜒流淌，彷彿是從天上白雲間流來。萬仞高山之下，矗（chù）立着一座孤城，這就是當時重要的邊疆關口玉門關。許多戰士戍（shù）守在這裡，遠離家鄉和親人。在這種蒼茫荒涼的自然環境中，對家鄉和親人的思念當然會更加強烈。有人吹奏起曲調悲傷的《折楊柳》，詩人聽着曲子，看到這裡的楊柳樹依然一派枯黃，想到家鄉的樹木應該早就發芽變綠，心中更加寂寞悲傷。但是他仍然寬慰自己：早就知道春風從來都不會來到這裡，又何必悲傷呢？實際上，這種故意裝出來的曠達，透露了戰士們更為深刻的孤獨和怨憤。

登鸛雀樓①

〔唐〕王之渙

白日依山盡，

黃河入海流。

欲②窮③千里目，

更④上一層樓。

【註釋】

① 鸛雀樓：唐代著名登高勝地，原址在今山西省永濟的黃河邊上。

② 欲：想要。

③ 窮：窮盡。

④ 更：再。

【解讀】

這首小詩雖然只有短短二十個字，但是卻包含着深刻的哲理。詩人登上高高的鸛雀樓，極目四望，看到太陽慢慢向西山落去，黃河正奔流不息。只有站在這高高的樓上，才能看到如此壯觀的景色。詩人由此悟出了一個道理：只有站得高，才能看得遠。如果想要看到更為廣闊的風景，就必須努力再上一層樓。做其他事情都是一樣，只有不斷努力，不斷追求進步，人生的境界才會不斷擴展昇華。另外，這首詩的對仗非常工整，比如前兩句“白日依山盡，黃河入海流”，“白”與“黃”相對，都是顏色詞，“日”與“河”相對，都是名詞，“依”與“入”相對，都是動詞，“山”與“海”相對，都是名詞，“盡”與“流”相對，都是動詞，請用同樣的方法分析後面的兩句。

春曉①

〔唐〕孟 浩 然

春 眠② 不 覺 曉，

處 處 聞 啼 鳥③。

夜 來④ 風 雨 聲，

花 落 知 多 少。

【作者】

孟浩然（689—740），襄州襄陽（今湖北省襄陽）人。早年隱居在家鄉的鹿門山，四十歲時到長安考進士落第，返回襄陽，終身都沒有做官。他擅長寫五言詩，與王維並稱為“王孟”，是山水田園詩派的代表。他的山水詩清新恬淡，意境高遠，頗受世人推崇。

【註釋】

① 春曉：春天的早晨。

② 眠：睡覺。

③ 啼鳥：小鳥鳴叫。

④ 夜來：夜裡。

【解讀】

這首小詩寫得清新可愛。春天來了，天亮得愈來愈早，詩人一覺醒來，發現天光早已大亮，天氣晴好，滿耳朵都是小鳥兒唧唧喳喳的啼鳴。詩人突然想起，好像夜裡聽到了颳風下雨的聲音，心中不由得擔憂：那些盛開的鮮花怎麼樣了？會不會在風吹雨打中紛紛凋（diāo）落？對落花的擔憂，正體現了詩人對於春天的珍愛與憐惜。

宋　林椿　《果熟來禽圖冊頁》

涼州詞

〔唐〕王　翰

葡萄美酒夜光杯①，

欲飲琵琶②馬上催。

醉臥沙場③君莫笑，

古來征戰幾人回？

【作者】

王翰，唐朝詩人，字子羽，生卒年不詳，并州晉陽（今山西省太原）人。性格豪放，能文善詩。他善於描寫邊塞生活，這首《涼州詞》是他的代表作。

【註釋】

① 夜光杯：一種據説能夠在夜間發光的杯子，這裡泛指精美的酒杯。

② 琵琶：一種彈撥樂器。

③ 沙場：戰場。

【解讀】

這是一首膾炙人口的邊塞詩。前兩句寫邊疆勇士痛飲美酒、盡情歡樂：精美的夜光杯裡斟滿了甘醇的葡萄美酒，勇士們在激越的琵琶聲的催促下開懷暢飲。後兩句是勇士們為自己辯解：即使醉臥沙場您也不應該嘲笑，自古以來出征的戰士有幾個能活着回來呢？表面的狂歡掩蓋不住內心的沉痛：有誰知道自己這一去能不能平安歸來？視死如歸固然是士兵應該具備的品德，但是那些輕率發動戰爭、不珍惜士兵生命的統治者就沒有責任嗎？

出塞①

〔唐〕王 昌 齡

秦 時 明 月 漢 時 關，

萬 里 長 征 人 未 還。

但 使② 盧 城 飛 將③ 在，

不 教④ 胡 馬⑤ 度⑥ 陰 山⑦。

【作者】

王昌齡（698?—757?），字少伯，京兆（今陝西省西安）人，一説太原（今山西省太原）人。他擅長七絕，與李白齊名，曾任江寧丞，人稱“詩家天子王江寧”。他的邊塞詩氣勢雄渾，格調高昂。宮怨詩的成就也很高。

【註釋】

① 出塞：這裡詩人沿用了樂府《橫吹曲》中舊有的標題。

② 但使：只要。

③ 盧城飛將：指漢代名將李廣，他英勇善戰，射術高明，屢次出征匈奴，號稱“飛將軍”，曾任右北平太守。右北平唐代在盧龍縣，所以稱“盧城”。

④ 不教：不讓。

⑤ 胡馬：敵人的軍隊。

⑥ 度：越過。

⑦ 陰山：山名，在今內蒙古自治區境內，漢時匈奴經常依托此地侵擾漢朝。

【解讀】

這是一首後人推崇備至的邊塞詩。首句“秦時明月漢時關”，向讀者展現了一幅極具歷史感、空間感的恢弘畫面，“萬里長征人未還”，精練地總結了戰爭帶給人民的苦難與悲愴。最後兩句點出了全詩的主旨，既歌頌了古代名將，也委婉地表達了對現實的不滿，感歎國無名將，致使邊患不絕。這正是廣大人民的心聲。在這首詩中，詩人的非戰思想和對人民的同情都表現了出來。詩歌的第一句“秦時明月漢時關”使用了互文見義的手法，意思是秦漢時的明月和關隘（ài），而不能按字面意思去理解。

芙蓉樓[1]送辛漸[2]

〔唐〕王昌齡

寒雨連江[3]夜入吳[4]，

平明[5]送客楚山[6]孤。

洛陽親友如相問，

一片冰心在玉壺[7]。

【註釋】

① 芙蓉樓：在今江蘇鎮江西北。

② 辛漸：人名，詩人的朋友。

③ 連江：雨水與江面連成一片，形容雨很大。

④ 吳：這裡指江蘇省鎮江一帶。

⑤ 平明：天剛剛亮的時候。

⑥ 楚山：楚地的山。這裡的楚也指鎮江一帶，因為古代

吳、楚先後統治過這裡，故吳、楚可以通稱。

⑦ 一片冰心在玉壺：這裡化用了南朝宋詩人鮑照的詩句："直如朱絲繩，清如玉壺冰。"比喻為人高尚正直，心地潔白，不容污垢（wūgòu）。

【解讀】

這首詩作於王昌齡任江寧丞時，大約在開元二十九年(741)以後。他的朋友辛漸要去洛陽，他到江邊餞行。王昌齡此時的處境並不順利，此前曾兩次被貶官。但他並沒有屈從，在這首詩中表現了自己堅持高貴潔白品德的決心。詩的前兩句寫雨中送別的情景：滿江的寒雨在夜間悄悄地降臨，早晨送別友人，心中孤獨，甚至覺得連山也孤孤單單的。詩人拜託朋友告慰遠方洛陽的親友："洛陽的親友如果問起我，就說我的心像玉壺中的冰一樣潔白無瑕，不沾染污垢。"

明　沈周《歲暮送別》(局部)

鹿柴①

〔唐〕王維

空山不見人，

但②聞③人語響。

返景④入深林，

復照青苔上。

【作者】

王維（701—761），字摩詰（mójié），蒲州（今山西省永濟）人，祖籍太原祁州（今山西省祁縣）。他九歲就開始寫作，被人稱作神童。後來做官做到尚書右丞，因此人們又叫他“王右丞”。王維是山水田園詩派的代表人物，還擅長書法、繪畫、音樂，精通佛理。

【註釋】

① 鹿柴：王維輞（wǎng）川別墅中的一處風景區，在今陝西省藍田終南山中。

② 但：只。

③ 聞：聽。

④ 返景：返照的陽光。

【解讀】

王維晚年住在自己終南山的輞川別墅中，在這裡寫下了大量山水詩，其中的代表作《輞川集》共二十首，這是第四首，描繪了傍晚時分鹿柴附近寧靜幽美的風景。前兩句以動寫靜：空山裡看不見一個人，偶爾可以聽到有人說話，聲音消逝後，山中顯得更加寧靜。後兩句則描寫夕照，夕陽的一縷餘暉照射到幽深茂密的樹林中，又映射到青青的苔蘚上。詩人敏銳地捕捉到了光與影的這種轉瞬即逝的組合，並用精練的語言表達出來，為我們留下了一幅生動清幽的圖畫。

送元二使安西①

〔唐〕王 維

渭城②朝雨浥③輕塵，

客舍青青柳色新④。

勸君更⑤盡一杯酒，

西出陽關⑥無故人⑦。

【註釋】

① 元二：詩人的朋友。使：出使。安西：今新疆維吾爾自治區庫車境內。

② 渭城：地名，即秦都咸陽，漢時改名渭城，在今陝西省咸陽東北。

③ 浥：沾濕。

④ 客舍：餞（jiàn）別的旅舍。柳色新：指柳葉被雨水沖洗

過以後，更加青翠。

⑤ 更：再。

⑥ 陽關：關名，在今甘肅敦煌西南古董灘附近，因在玉門關之南而得名。

⑦ 故人：老朋友。

【解讀】

元二是詩人的朋友，他奉命出使安西，詩人寫了這首詩送他。這首詩當時就在社會上廣為流傳，並被譜上曲子到處傳唱，稱為《陽關三疊》。因開頭兩個字是"渭城"，所以又叫《渭城曲》。本詩開頭兩句描寫送別的環境和景物：晨雨打濕了地面上的輕塵，客舍的柳樹被雨水沖洗過以後，更加青翠，猶如一幅淡水墨畫，意境優美。後兩句彷彿隨口道來：再喝一杯吧，出了陽關就沒什麼老朋友了。正是這感情自然流露的樸實語言，打動了一代又一代的讀者。

九月九日①憶山東②兄弟

〔唐〕王 維

獨在異鄉為異客，

每逢③佳節④倍⑤思親。

遙知⑥兄弟登高處，

遍插茱萸⑦少一人⑧。

【註釋】

① 九月九日：陰曆九月初九，即重陽節，中國傳統節日。這一天有登高、插茱萸、喝菊花酒來驅邪避瘟的風俗。

② 山東：華山的東面。王維家居蒲州（今山西永濟），在華山東面，當時他旅居長安。

③ 每逢：每到。

④ 佳節：美好的節日。

⑤ 倍：更加。

⑥ 遙知：遙想。

⑦ 茱萸：一種落葉小喬木，有濃烈香味，莖可入藥。

⑧ 一人：指詩人自己。

【解讀】

這是一首懷鄉詩，王維寫作這首詩時只有十七歲。當時他遠離家鄉獨自住在長安，本來就非常想家。又恰逢重陽佳節，看到別人都熱熱鬧鬧地出去登高遊玩，這種心情就更加強烈。"每逢佳節倍思親"成為這種心情的真實寫照。後兩句筆鋒一轉，設想留在家鄉的兄弟們如何牽掛自己：他們在分插茱萸的時候，一定會意識到今年比往年少了一個人！

靜夜思

〔唐〕李 白

床 前 明 月 光，

疑 是 地 上 霜。

舉 頭① 望 明 月，

低 頭 思 故 鄉。

【作者】

李白（701—762），字太白，號青蓮居士，出生於碎葉（今吉爾吉斯斯坦境內）。五歲時隨父親遷居綿州彰明（今四川省江油）青蓮鄉。年輕時長期在各地漫遊，天寶元年（742）被召入長安任翰林供奉，後因得罪權貴，蒙讒出京。安史之亂中因加入永王李璘幕府而被流放夜郎（今貴州省桐梓），中途赦還。不久病卒於當塗（今屬安徽省）。李白是偉大的浪漫主義詩人，他的詩歌想像奇特，豪放天縱，語言清新自然，被稱為“詩仙”，與杜甫並稱“李杜”。有《李太白集》。

【註釋】

① 舉頭：抬頭。

【解讀】

一個夜晚，詩人看到地面上如霜的月光，自然而然地抬頭去看月亮。月亮是中國古代詩歌中的重要描寫對象之一，每個人看見月亮的感受都是不一樣的。詩人李白此刻想到了什麼呢？身在異地他鄉，自然地想到了自己的故鄉。故鄉的親人此時此刻大概也在月光下思念着自己吧？被鄉愁折磨的詩人再也難以入睡。整首小詩明白如話，彷彿脫口而出，全然沒有任何雕飾，但是其感人的力量卻是永恆的。

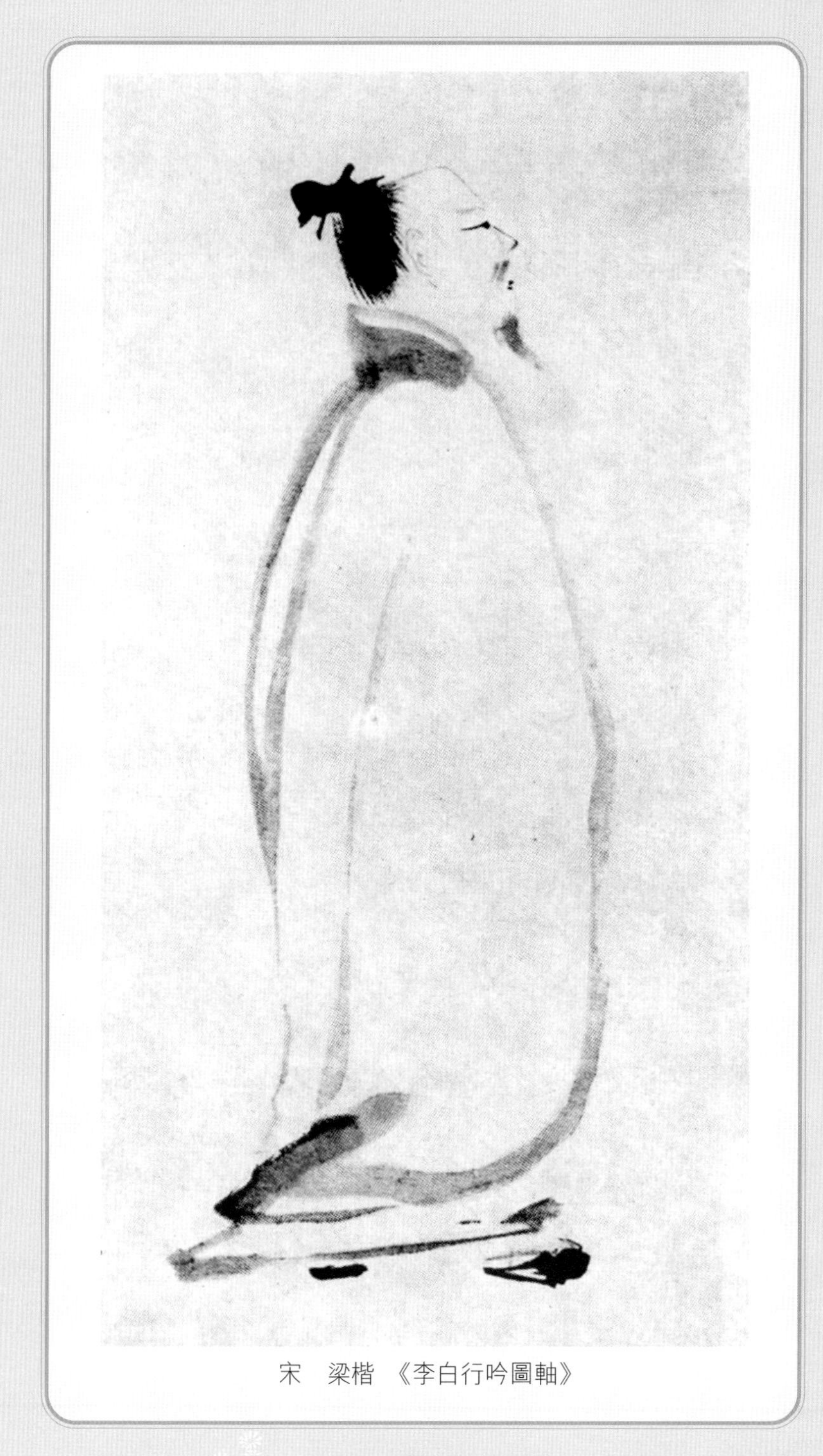

宋　梁楷　《李白行吟圖軸》

古朗月行[1]（節選）

〔唐〕李白

小時不識月，

呼作白玉盤[2]。

又疑瑤台[3]鏡，

飛在青雲端。

仙人[4]垂兩足，

桂樹何團團[5]。

白兔搗藥[6]成，

問言[7]與誰餐[8]？

【註釋】

① 古朗月行：《朗月行》是樂府《雜曲歌辭》裡原有的題目，李白在這裡借用古曲的題目，所以稱為《古朗月行》。

② 白玉盤：白玉做成的盤子，這裡用來比喻月亮的又圓又亮。

③ 瑤台：傳説中神仙居住的地方。

④ 仙人：和下文中的桂樹、白兔一樣，傳説中都生活在月亮中。

⑤ 團團：圓圓的形狀。

⑥ 搗藥：用碓（duì）和臼（jiù）搗製藥品。

⑦ 問言：就是問，言是助詞，沒有意義。

⑧ 與誰餐：給誰吃。

【解讀】

詩人首先回憶自己小的時候不認識月亮，一會兒認為它是白玉盤，一會兒認為它是神仙用的鏡子。聽大人講月亮裡住着神仙，有桂樹和搗藥的白兔，又渴望進一步了解那些仙人長的是什麼樣子，桂樹下的白兔為什麼要搗藥，它的藥又被誰吃掉了，等等。好奇是兒童的天性，雖然並不是所有的問題都會得到答案，但是無拘無束的幻想與想像卻是兒童幼小心靈飛翔的翅膀。這幾句詩，把自己兒童時的想像與神話傳說故事結合起來，充滿了稚氣與童趣。

望廬山① 瀑布

〔唐〕李　白

日照香爐②生紫煙③，

遙看瀑布掛前川④。

飛流直下三千尺⑤，

疑是銀河⑥落九天⑦。

【註釋】

① 廬山：中國名山之一，在江西省九江市南。

② 香爐：指香爐峰，是廬山西北部的一座高峰。它山峰形狀尖而圓，峰中煙雲聚散繚繞，就像一座香爐，因此得名。

③ 紫煙：紫色的煙霧，這裡是指瀑布飛濺的水霧在陽光的照射下反射出五彩的光輝。

④ 前川：這裡指瀑布好像一條大河垂掛在山前。

⑤ 三千尺：這裡是誇張的說法，形容山極高。

⑥ 銀河：也叫天河，是由銀河系群星組成的橫亙天空的帶狀星群，樣子就像一條河。

⑦ 九天：古人認為天有九重，這裡指高高的天空。

【解讀】

這首短詩是歌詠廬山瀑布的千古名篇，是詩人晚年途經廬山時寫的。詩人觀賞瀑布時並沒有走到瀑布跟前，只是遠遠地觀望。他向我們描述的是瀑布的全景：香爐峰沐浴在燦爛的陽光下，紫氣蒸騰，煙雲繚繞，宛若仙境，一條瀑布從高高的山上飛流直下，好像一條大河垂掛在山前。人間怎麼會有如此氣度非凡、雄偉壯麗的河流呢？詩人想，也許是天上的銀河瀉落到人間了吧？“三千尺”的誇張，“銀河落九天”的神奇想像，都使得這首詩非同凡響。

明　沈周《廬山高圖》

贈　汪　倫①

〔唐〕李　白

李　白　乘　舟　將　欲　行，

忽　聞　岸　上　踏　歌②　聲。

桃　花　潭③　水　深　千　尺，

不　及④　汪　倫　送　我　情。

【註釋】

① 汪倫：住在安徽涇縣桃花潭附近的一位村民。天寶十四載（755），李白從秋浦（今安徽省貴池）到涇縣漫遊，受到了汪倫的熱情接待，汪倫經常準備美酒來款待他，走時又來送行，李白非常感動。

② 踏歌：古代民間的一種唱歌方式，一邊唱歌一邊用腳踏地打拍子。

③ 桃花潭：在今安徽涇縣西南。

④ 不及：比不上。

【解讀】

詩人李白非常喜歡在祖國各地漫遊，廣交朋友，汪倫就是其中的一位。在桃花潭遊覽期間，二人結下了深厚的友誼。分手的時候，汪倫前來送行，李白寫詩相贈。詩的前兩句是敘事，詩人已經登上了小船，就要起身，汪倫卻還沒有來。詩人稍稍有些失望。突然，岸邊傳來熟悉的歌聲，未見其人，先聞其聲，“忽聞”二字，刻畫出詩人的驚喜。後兩句巧妙使用比喻，不説汪倫的情誼像千尺潭水一樣深，而是更進一步，説無論潭水如何深，都比不上汪倫對我的深情。這是一曲友誼的讚歌。

宋　馬遠《踏歌圖軸》

黃鶴樓①送孟浩然②之③廣陵④

〔唐〕李 白

故 人⑤ 西 辭 黃 鶴 樓，

煙 花 三 月⑥ 下⑦ 揚 州。

孤 帆 遠 影 碧 空 盡，

惟 見⑧ 長 江 天 際⑨ 流。

【註釋】

① 黃鶴樓：在今武漢市內。黃鶴樓在廣陵的西面。

② 孟浩然：唐朝著名詩人，李白的朋友。

③ 之：到，去。

④ 廣陵：今江蘇省揚州市。

⑤ 故人：老朋友，這裡指孟浩然。

⑥ 煙花三月：春光明媚的三月。煙花，指春天繁花似錦。

⑦ 下：順流而下。

⑧ 惟見：只見。

⑨ 天際：天邊。

【解讀】

李白寓居湖北省安陸時期（727—736），與詩人孟浩然結下了深厚的友誼。有一次孟浩然要去揚州，李白在黃鶴樓為他送行，寫了這首詩。這首詩沒有一般送別詩的憂愁苦恨，而是明朗輕快，春意盎然。李白善於寫景，末二句情景交融，尤其傳神：朋友乘坐的帆船在碧空下漸漸遠去，終於消失在天邊，只剩下滔滔江水滾滾東流。我們不難想像久久佇立江邊目送朋友離去的詩人對朋友的一片深情。

《點石齋叢畫》

早發白帝城[1]

〔唐〕李 白

朝[2]辭[3]白帝彩雲[4]間，

千里江陵[5]一日還。

兩岸猿聲[6]啼[7]不住[8]，

輕舟已過萬重山[9]。

【註釋】

① 早發白帝城：早晨從白帝城出發。白帝城，在今重慶市奉節縣東白帝山上。

② 朝：早晨。

③ 辭：告別。

④ 彩雲：彩霞。白帝城建築在山上，遠望好像在雲端。這裡形容白帝城地勢之高。

⑤ 江陵：今湖北省江陵。古人認為從白帝城到江陵有一千多里，實際上有六百多里。

⑥ 猿聲：猿猴啼叫的聲音。古代長江兩岸的高山上有許多猿猴。

⑦ 啼：叫。

⑧ 不住：不停。

⑨ 萬重山：一道又一道山，形容山很多。

【解讀】

唐肅宗乾元二年（759），李白因罪被流放夜郎（在今貴州省境內）。走到白帝城時遇上皇帝大赦（shè），他欣喜若狂，立即動身返回，並寫了這首詩表達自己喜悅暢快的心情：早晨辭別了朝霞繚繞的白帝城，千里之遙的江陵，由於是順流而下，一日之間就可以到了。小船的輕快和心情的輕快是互相呼應的，詩人不由得想起當初來的時候，逆流而上，又是戴罪流放，心情當然格外沉重。現在小船在千山萬水中輕快地前進，兩岸猿聲響成一片，走出很遠，彷彿還能聽見，眼前的一切恍惚如夢，似乎詩人對這個好消息還有些難以置信。整首詩寫得輕靈飛動，生動地傳達了詩人的喜悅之情。

望天門山[1]

〔唐〕李　白

天　門　中　斷[2]　楚　江[3]　開，

碧　水　東　流　至　此　迴[4]。

兩　岸　青　山　相　對　出，

孤　帆　一　片　日　邊　來。

【註釋】

① 天門山：是安徽當塗的東梁山與和縣的西梁山的合稱，兩座山分別位於長江的東西兩岸，就像一座天然的門戶，所以稱作“天門”。

② 中斷：指江水從中間隔斷兩座山。

③ 楚江：安徽當塗一帶古代屬於楚國，所以這一段長江也叫做楚江。

④ 迴：迴旋，迴轉。指這一段江水由於地勢險峻方向有所改變，並更加洶湧。

【解讀】

這是一幅壯闊優美的山水風景畫，雄偉的天門山拔地而起，夾江對峙，遠遠望去，像一座天然的大門。江水流到這裡變得湍急洶湧，天門山好像就是被這湍急的楚江從中間沖斷的。斜陽下駛來的一片孤帆，成為整幅圖畫的點睛之筆，畫面因此變得更加生動。

清　石濤　《李白詩意圖》（望天門山）

別董大①

〔唐〕高 適

千 里 黃 雲 白 日 曛②，

北 風 吹 雁 雪 紛 紛。

莫 愁 前 路 無 知 己，

天 下 誰 人 不 識 君！

【作者】

高適（702?—765），字達夫，渤海蓨（tiáo，今河北景縣）人。曾歷任淮南、西川節度使，封渤海縣侯。他性格豪爽，不拘小節，熟悉邊疆生活，關心民眾疾苦，有政治眼光。他的邊塞詩氣勢雄渾，感情真摯，與岑參並稱“高岑”，是唐代邊塞詩的代表作家。

【註釋】

① 董大：指當時著名的音樂家董庭蘭。他是詩人的朋友。

② 曛：日光昏暗。

【解讀】

這是一首送別詩，在大雪紛飛、日光昏暗的惡劣天氣裡分別，心情肯定更加鬱悶。但是詩人並沒有沉溺（nì）於悲傷之中，而是豁達地勸慰朋友："放心上路吧，以您的才華和名氣，走到哪裡都會有朋友的。"整首詩不同於普通送別詩的悲切惜別，立意新穎，格調豪爽，語言質樸而真誠。

絕 句

〔唐〕杜 甫

兩 個 黃 鸝① 鳴 翠 柳，

一 行 白 鷺② 上 青 天。

窗 含 西 嶺③ 千 秋 雪④，

門 泊⑤ 東 吳⑥ 萬 里 船。

【作者】

杜甫（712—770），字子美，祖籍襄陽（在今湖北省），出生於河南鞏縣。他年輕時曾兩度漫遊中國，後來在長安生活了十年，窮困潦倒，晚年又在夔（kuí）州等地居住了一段時期。杜甫是中國文學史上偉大的現實主義詩人。他長期與下層人民生活在一起，安史之亂中看到了國破後的許多慘象。他的詩反映了唐代由盛轉衰的廣闊社會面貌，故被稱為"詩史"。

風格多樣，而以沉鬱頓挫為主。被後人譽為“詩聖”，與李白並稱“李杜”。現存詩一千四百多首。有《杜工部集》。

【註釋】

① 黃鸝：鳥名，羽毛黃色，叫聲悅耳。

② 白鷺：水禽名，羽毛白色，長腿，捕食魚蝦。

③ 西嶺：成都西面的山嶺，指岷山。

④ 千秋雪：很多年沒有融化的冰雪，這裡指雪山。

⑤ 泊：停泊，停靠。

⑥ 東吳：古地名，指今長江下游江蘇省、浙江省一帶。

【解讀】

這首詩是杜甫晚年居住在成都草堂時寫的。當時詩人生活比較安定，心情比較輕鬆，所以筆下的景物也清新優美，生機勃勃：兩隻黃鸝在翠綠的柳樹枝頭鳴叫，一行白鷺飛過藍天。憑窗遠眺，詩人看見了連綿的雪山，看到了江邊的商船。由於連年戰亂，交通阻隔，現在距離成都千里迢迢的東吳，也有船隻能夠到達這裡，可見路途已經比較安全。這看似平淡無奇的一句，也透露了詩人對於國事民生的關注。詩人這裡用“絕句”作題目，相當於“無題”，也表現了詩人心情的閒適與隨意。

《點石齋叢畫》

春夜喜雨

〔唐〕杜　甫

好雨知時節，

當[1]春乃[2]發生[3]。

隨風潛[4]入夜，

潤物細無聲。

野徑[5]雲俱黑，

江船火獨明。

曉[6]看紅濕處，

花重[7]錦官城[8]。

【註釋】

① 當：正當，正值。

② 乃：就，於是。

③ 發生：產生，出現。

④ 潛：悄悄，不被察覺。

⑤ 野徑：野外的小路。

⑥ 曉：天明，早晨。

⑦ 花重：由於沾上了雨水，花朵顯得沉甸甸的。

⑧ 錦官城：即成都。

【解讀】

這首詩的描寫對象是“雨”，是春雨、夜雨、喜雨。詩人敏銳地抓住這場雨的特徵，從各個方面進行描摹刻畫。頭兩句強調“春雨”。俗話說“春雨貴如油”，在萬物復甦的季節，每一場雨都會催發無數生命。這場雨就是這樣，彷彿知曉人們的心思，在最需要的時候悄然來臨。後面六句集中寫“夜雨”，野外一片漆黑，只有一點漁火若隱若現，詩人興奮地猜測：等到天明，成都城裡該是一派萬紫千紅吧，雨後的鮮花應該更加嬌艷。詩中雖然沒有出現“喜”字，但仔細品味，哪句話中不透露着濃濃的喜悅之情呢？

絕句

〔唐〕杜　甫

遲日①江山麗，

春風花草香。

泥融②飛燕子，

沙暖睡鴛鴦。

【註釋】

① 遲日：春日。

② 泥融：春天氣溫升高，凍土融化。

【解讀】

這是一首清麗可喜的小詩。第一句概括地描寫春天風景的總貌：春天到來了，江山秀麗如畫。第二句着重寫春天的味道：春風送來陣陣花草的芳香。第三句寫飛來飛去啣泥築巢的燕子，強調“動”。第四句寫在暖暖的沙灘上睡覺的鴛鴦，強調“靜”。就這樣，動中有靜，靜中有動，再加上令人心曠神怡的顏色和味道，共同構成一幅春意盎然的優美圖畫。

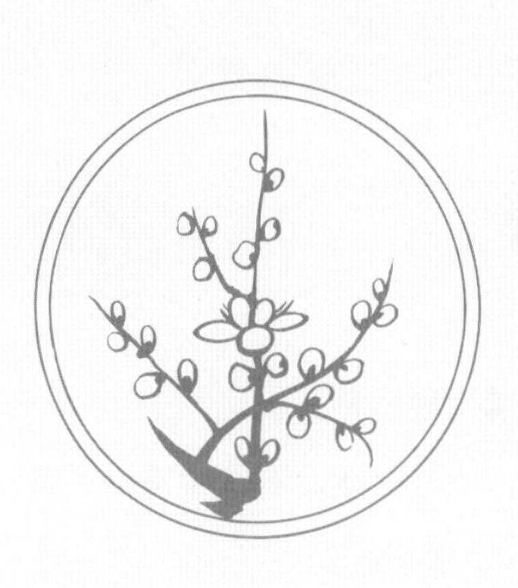

江畔[1]獨步[2]尋花

〔唐〕杜甫

黃師塔[3]前江水東，

春光懶困倚微風。

桃花一簇開無主[4]，

可愛深紅愛淺紅[5]？

【註釋】

① 江畔：江邊。

② 獨步：獨自散步。

③ 黃師塔：一位姓黃的僧人的墓所。當時蜀人稱僧人為“師”，稱僧墓為“塔”。

④ 無主：不知主人是誰。

⑤ 可愛深紅愛淺紅：是深紅色的可愛呢，還是淺紅色的更可愛呢？

【解讀】

這首詩寫於上元元年（760），當時杜甫居住在成都草堂，生活比較安定，心情也比較好。春暖花開時節，詩人獨自沿着江邊散步賞花，觸景生情，一連寫了七首詩，這是其中的第五首。尋花的地點是在黃師塔前，這裡江水碧綠，春光明媚，微風輕拂。暖洋洋的天氣不由得讓人有些“懶困”，整整一冬的寒氣一掃而空，令人身心俱暖。詩人不説微風吹人，而説人彷彿是“倚”着春風，更加強調了詩人舒服的感受。後兩句寫花，這裡的花並不多，不像“黃四娘家”的“千朵萬朵壓枝低”（《江畔獨步尋花》其六），而是“桃花一簇開無主”——只有一簇沒有主人、無人過問的桃花，深紅、淺紅相互輝映，令人心生喜愛，分不清是深紅更好看，還是淺紅更好看。詩的最後一句採用疑問語氣，顯得更加輕鬆歡快。

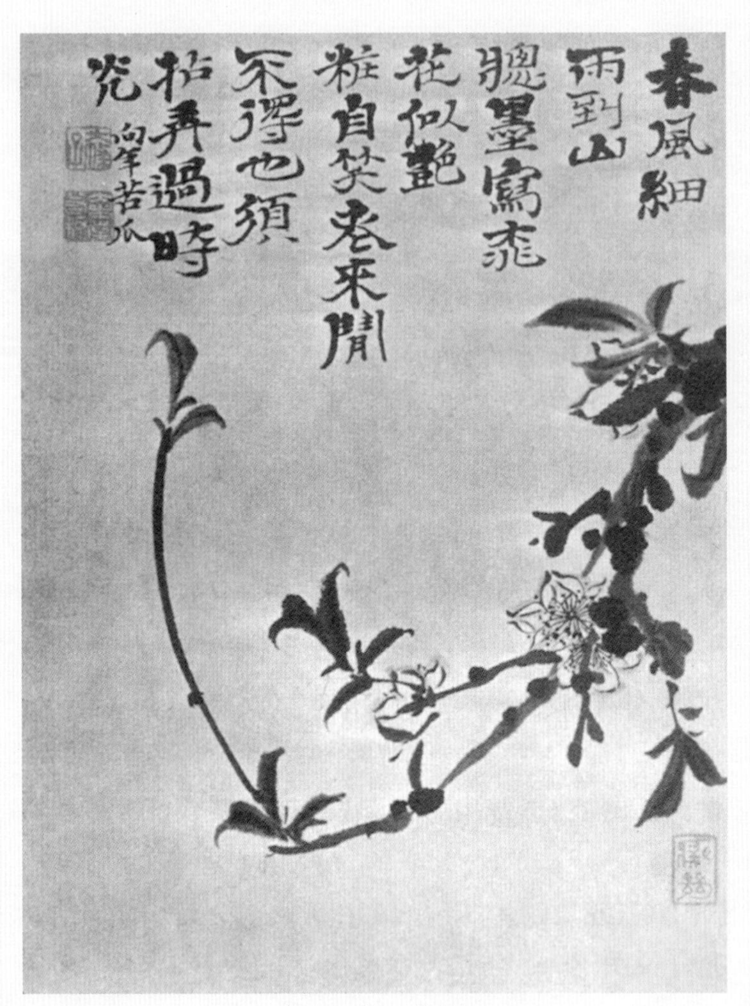

清　石濤《桃花》

遊 子 吟

〔唐〕孟 郊

慈 母 手 中 線，

遊 子 身 上 衣。

臨 行 密 密 縫，

意 恐 遲 遲 歸。

誰 言 寸 草[1] 心，

報 得 三 春 暉[2]。

【作者】

孟郊（751—814），字東野，湖州武康（今浙江省德清）

人。這首詩是作者擔任溧(lì)陽縣尉時所作。孟郊當時已經五十歲，把母親接到任上奉養，並寫了這首小詩，表達自己對於母親養育之恩的感激。

【註釋】

① 寸草：小草，比喻兒女，遊子。

② 三春暉：春天的陽光，比喻父母的慈愛與恩情。

【解讀】

這是一首讚美母愛的膾炙人口的小詩。前四句截取了家庭生活中一個常見的場景——母親為將要出門的孩子縫製衣裳——進行描寫，語言淺顯樸素，但濃濃的親情已經洋溢其中。後兩句用小草與陽光比喻孩子與母親的關係，充滿了對母親的感激之情。這首詩也是孟郊詩中為數不多的親切自然、淺顯流利的作品之一。

江雪

〔唐〕柳宗元

千山鳥飛絕，

萬徑[1]人蹤[2]滅。

孤舟蓑笠[3]翁，

獨釣寒江雪。

【作者】

柳宗元（773—819），字子厚，山西河東（今山西省永濟）人，中唐時傑出的文學家和思想家。貞元九年（793）進士。順宗時參與王叔文革新集團，失敗後被貶為永州司馬。十年後又被貶往柳州，並死在那裡，所以人們也稱他柳柳州。他的文章寫得很好，是"唐宋八大家"之一。現存詩一百六十餘首。有《柳河東集》。

【註釋】

① 徑：小路。

② 人蹤：人的蹤跡。

③ 蓑笠：用草編成的雨衣和帽子。

【解讀】

這首詩是柳宗元的代表作，大概寫於他貶謫永州期間。前兩句向讀者展示了一個寂寥空廓的宇宙：千山萬徑都被白茫茫的大雪覆蓋，沒有飛鳥，沒有人跡。江面上只有一位坐着小船垂釣的漁翁。整首詩意境蒼涼，富於象徵意味。這位漁翁其實是柳宗元的自況：在孤獨、嚴酷的條件下，依然堅強獨立、不屈不撓。

清　虛谷　《江帆圖》

尋 隱 者① 不 遇②

〔唐〕賈 島

松 下 問 童 子，

言 師 採 藥 去。

只 在 此 山 中，

雲 深 不 知 處。

【作者】

賈島（779—843），字閬仙，范陽（今河北涿州）人。他善於寫荒涼枯寂的情境，多寒苦之辭，與孟郊齊名，有“郊寒島瘦”之說。他非常注重詞句的推敲錘煉。據說有一次他在構思一首詩，其中“僧推月下門”一句，他拿不準用“推”好還是用“敲”好。由於太入迷結果衝撞了韓愈的儀仗。韓愈也是著名的文學家，知道這個情況後並沒有責怪他，反而幫助他確定了使用“敲”字比較好，因為音調比較響亮。“推敲”一詞就是來源於此。

【註釋】

① 隱者：隱居在山林、不願意出來做官的人。

② 不遇：沒有找到。

【解讀】

隱者往往都是些品行高潔、超然物外的人，他們住在遠離城市的山林中，不關心塵世俗務。在這首詩中，詩人也塑造了這樣一位隱者，不過隱者本人並沒有直接出現：詩人前來拜訪他，不巧沒有遇到，童子只知道他進深山裡去採藥了，卻說不出具體行蹤。詩人和讀者都只能望山而歎了，但是一位閒雲野鶴般的隱者形象已經浮現在我們腦海中了。

宋　馬麟　《靜聽松風》

楓橋①夜泊

〔唐〕張 繼

月落烏啼霜滿天，

江楓②漁火對愁眠③。

姑蘇④城外寒山寺⑤，

夜半鐘聲到客船。

【作者】

張繼，字懿（yì）孫，唐代詩人，生卒年不詳，南陽（今河南省南陽）人。他的詩多登臨記行之作，不事雕琢。

【註釋】

① 楓橋：地名，在今江蘇省蘇州西郊。

② 江楓：江邊的楓樹。

③ 愁眠：指懷着憂愁入睡的旅人。

④ 姑蘇：蘇州的別稱。

⑤ 寒山寺：蘇州楓橋附近的一座寺廟。

【解讀】

這是一篇描寫羈旅情思的傳世名作。人在旅途，遠離故鄉，夜晚停泊在異地他鄉的江面上，心中自然充滿鄉愁。江邊的楓樹黑黝黝的，江中一點漁火若明若暗，與難以入睡的詩人無言相對。好容易睡去，半夜又被寒山寺中傳來的鐘聲驚醒。全詩瀰漫着淡淡的憂鬱與感傷。

清　袁江　《柳岸夜泊圖》

漁 歌 子①

〔唐〕張 志 和

西 塞 山② 前 白 鷺 飛，

桃 花 流 水 鱖 魚③ 肥。

青 箬 笠④， 綠 蓑 衣，

斜 風 細 雨 不 須 歸。

【作者】

張志和，唐代詩人，生卒年不詳，字子同，金華（今浙江省金華）人，少年有才華，擅長音樂繪畫，曾在朝廷做官，後棄官歸隱，出家做了和尚。他的作品大多描寫自己的隱居閒散的生活。

【註釋】

① 漁歌子：詞牌名，也作《漁父》。

② 西塞山：在今浙江省吳興西。

③ 鱖魚：也叫桂魚，大口細鱗，肉味鮮美。

④ 箬笠：用細竹葉編織的帽子，可以遮雨。

【解讀】

青山白鷺，流水游魚，斜風細雨，以及安然閒適、半釣半隱的漁翁，這是一幅典型的江南山水水墨畫。漁翁是中國藝術作品中經常出現的人物形象，通常是自由、適意、知足、悠閒的象徵，嚮往自由閒適人生的藝術家經常在這種形象中寄寓自己的人生追求。在這首詞中我們就不難從漁翁身上看到詩人自己的影子。

宋　馬遠　《舟乘人物圖》

塞下曲①

〔唐〕盧綸

月黑雁飛高，

單于②夜遁逃③。

欲將輕騎④逐，

大雪滿弓刀。

【作者】

盧綸（約748—約800），字允言，河中蒲（今山西省永濟）人，“大曆十才子”之一。他的詩多感時傷亂之作，但也有些寫得蒼勁雄渾，比如這首《塞下曲》。

【註釋】

① 塞下曲：唐代樂府詩題。

② 單于：本來是古代匈奴最高統治者的稱號，這裡指敵軍的首領。

③ 遁逃：逃跑。

④ 輕騎：騎兵。

【解讀】

盧綸的《塞下曲》一共六首，這是第三首，描寫邊疆的將士在一個沒有月亮、大雪紛飛的夜晚追擊偷偷逃跑的敵人的情景。寒冷的夜晚，四處一片漆黑，在夜幕和風雪的掩護下，狡猾的敵人悄悄逃跑。他們的行動驚動了已經棲息的大雁，大雁高高飛起，引起了將士們的警覺。發現了敵人的動向以後，將軍當即決定率領輕騎部隊追逐。部隊整裝待發，詩人沒有正面描寫鋪敘將士的精神風貌、神武英姿，而是捕捉了一個不為常人注意的細節：士兵們手中的弓箭大刀上落滿了雪花——詩人讓鏡頭離開了勇士的面部，聚焦在落滿雪花的武器上。此時無聲勝有聲，在這個畫面中，我們雖然看不到英勇守衛邊疆的將士，但是在漫天飄飛的雪花和寒光凜凜的兵刃的輝映中，他們的豪邁氣概已經躍然紙上。

望洞庭①

〔唐〕劉禹錫

湖光秋月兩相和②，

潭③面無風鏡未磨④。

遙望洞庭山⑤水翠，

白銀盤裡一青螺。

【作者】

劉禹錫（772—842），字夢得，洛陽（今河南省洛陽）人，貞元九年（793）進士。因與柳宗元等參加王叔文的政治革新活動，被貶為朗州（今湖南省常德）司馬。曾任太子賓客，世稱劉賓客。晚年在洛陽與白居易為友，並稱劉、白。他的詩清新通俗，自然沉穩，其中模仿民歌的《竹枝詞》，別開生面，對後世影響很大。有《劉賓客集》。

【註釋】

① 洞庭：即洞庭湖，在今湖南省境內。

② 相和：彼此交融、諧和。

③ 潭：指洞庭湖。

④ 鏡未磨：古代的鏡子一般用銅做成，經常磨才能夠光亮照人，這裡用未磨的銅鏡比喻水面平靜而迷濛。

⑤ 山：指洞庭湖中的君山。

【解讀】

在一個晴明無風、波瀾不驚的夜晚，詩人遠眺洞庭，平靜的湖面在皎潔的月光的輝映下，明亮而迷濛，美麗的君山點綴在湖中。詩人使用了一個形象的比喻來描摹眼前的美景：月光下的湖面彷彿刻鏤精美的白銀盤，蒼翠墨黑的君山則彷彿一顆小巧玲瓏的青螺擺放其中。

浪 淘 沙①

〔唐〕劉 禹 錫

九 曲 黃 河② 萬 里 沙③，

浪 淘 風 簸④ 自 天 涯⑤。

如 今 直 上 銀 河⑥ 去，

同 到 牽 牛 織 女⑦ 家。

【註釋】

① 浪淘沙：唐代教坊曲名，後成為詞牌名。

② 九曲黃河：形容黃河河道曲折漫長，古人傳說黃河有九道較大的彎曲。

③ 萬里沙：黃河在流經各地時挾帶大量泥沙。

④ 浪淘風簸：形容黃河浪高風急。

⑤ 自天涯：來自天邊。李白有一首詩中說："黃河之水天

上來”。古人認為黃河的源頭和天上的銀河相通。

⑥ 銀河：天空中由銀河系星群組成的帶狀星系，看起來像一條大河。

⑦ 牽牛織女：銀河兩側的兩座星宿，古代神話傳説中的人物。織女本來是天上的仙女，下凡到人間和牛郎結為夫妻。王母娘娘知道後非常生氣，把織女召回，牛郎一直追到天上。為了懲罰他們，王母娘娘用銀河把他們隔開，一年只許在七月七日這天相見一次。

黃河是中華民族的母親河，是五千年文明的發祥地，歷代詩人留下了無數歌詠黃河的詩篇，這就是其中的一首。全詩寫得非常有氣勢，前兩句居高臨下描寫黃河的全景：萬里河道，九曲迴腸，挾泥帶沙，奔湧而下。後兩句糅（róu）入了優美的神話傳説：沿着黃河逆流而上，就可以到達天河，拜訪善良勤勞的牽牛織女一家。這一方面體現了黃河直通天上的磅礴氣勢，一方面表達了詩人不畏險阻、追求美好生活的信心。

賦得[1]古原草送別

〔唐〕白居易

離離[2]原上草，

一歲[3]一枯榮[4]。

野火燒不盡，

春風吹又生。

遠芳[5]侵[6]古道，

晴翠[7]接荒城。

又送王孫[8]去，

萋萋[9]滿別情[10]。

【作者】

白居易(772—846)，字樂天，號香山居士，原籍太原，後遷居下邽（今陝西省渭南附近），貞元十六年(800)進士。因上書言事，貶為江州司馬。長慶、寶曆年間曾出任杭州、蘇州刺史，官至刑部尚書。晚年退居洛陽，以詩酒自娛。他是中唐著名詩人，相傳他寫好詩後，經常先唸給不識字的老婆婆聽，然後請她們提意見修改，直到她們聽懂為止。有《白氏長慶集》七十一卷。

【註釋】

① 賦得：古人作詩，凡是限定、指定詩題時，按慣例要在題目前加上“賦得”二字。

② 離離：草長得茂盛的樣子。

③ 一歲：一年。

④ 枯榮：枯萎和茂盛。

⑤ 遠芳：遠處的芳草。

⑥ 侵：進入，此句中指遠處的草色瀰漫在道路上。

⑦ 晴翠：陽光下翠綠的草色。

⑧ 王孫：本來指貴族的後代，這裡指詩人自己的朋友。

⑨ 萋萋：青草茂盛的樣子。

⑩ 別情：分別時的傷感情懷。這最後兩句借用了《楚辭》中的句子“王孫遊兮不歸，春草生兮萋萋”。

【解讀】

這首詩雖然簡單，但寓意深刻，熱情歌詠了小草頑強的生命力。據説白居易寫這首詩時只有十六歲，當時他帶着自己的作品去拜訪另一位大詩人顧況，顧況見了他的名字，開玩笑説：“長安的米很貴，居住非常不容易。”但讀到“野火燒不盡，春風吹又生”兩句時，大為讚歎，馬上説：“能寫出這樣的詩來，住在這裡也很容易啊。”可見這首詩在當時就受到人們的重視，而“野火燒不盡，春風吹又生”兩句更是全詩的警句。小草很普通，它們春天綠了，秋天黃了，毫不起眼，但是它們有着頑強的生命力，即使被野火燒過，被嚴寒凍過，被人踩過，但一到春天，就立刻生機勃勃，欣欣向榮。這種頑強的生命力是值得我們學習的。

池上

〔唐〕白居易

小娃[1]撐小艇，

偷採白蓮回。

不解[2]藏蹤跡，

浮萍一道開。

【註釋】

① 小娃：小女孩。

② 不解：不知道。

【解讀】

這首詩寫得饒有童趣。一個天真可愛的小姑娘，趁着大人不注意，偷偷撐着一隻小船，到池塘深處採摘白蓮，現在高高興興地回來了。她自以為行動機密，別人不會發覺，可是她沒有想到，小船駛來時，沖開了水面的浮萍，水面波動，出現了一道長長的痕跡，完全暴露了她的行蹤！讀來讓人忍俊不禁。

清　陳舒《荷花圖》

憶江南[①]

〔唐〕白居易

江南好，

風景舊曾諳[②]：

日出江花紅勝[③]火，

春來江水綠如藍[④]。

能不憶江南？

【註釋】

① 憶江南：詞牌名。

② 諳：熟悉。

③ 勝：超過。

④ 藍：藍草，它的葉子可以用來製作青綠色的染料。

【解讀】

白居易曾經擔任過杭州刺史和蘇州刺史，當地的優美風景給他留下了深刻的印象。晚年回到洛陽後，詩人經常回憶起來，並情不自禁地寫下了這首小詞。開頭第一句就說“江南好”，直抒胸臆（yì）。具體好在什麼地方呢？詩人選取了兩種典型景物：春天時江邊火紅的野花和江中碧綠的江水。鮮明的色彩形成強烈的對比，表達了詩人對於江南風景的喜愛。最後一句反問，更把這種喜愛之情推向極致。

憫[1] 農（一）

〔唐〕李紳

春種一粒粟[2]，

秋收萬顆子。

四海無閒田，

農夫猶[3]餓死。

【作者】

李紳（772—846），字公垂，無錫（今屬江蘇省）人。曾經當過宰相，與元稹、白居易交遊很密，並參與了白居易倡導的新樂府運動。他的詩歌現存不多，《憫農》二首是他影響最大的作品。

【註釋】

① 憫：憐憫，同情。

② 粟：穀子，脫殼以後北方叫小米。

③ 猶：仍然。

【解讀】

李紳的《憫農》詩共有兩首，主要刻畫農民勞作的辛苦，表現了詩人對於農民的深切同情。這是第一首，着重批評勞動者不得食的不公平現象。春種秋收，大自然讓農民的辛勤勞動獲得了回報，但是仍然有農民被餓死，這是為什麼？詩人雖然沒有正面回答，但答案是不言而喻的：因為有人剝削了他們的勞動成果。

憫農（二）

〔唐〕李紳

鋤禾日當午①，

汗滴禾下土。

誰知盤中餐，

粒粒皆②辛苦。

【註釋】

① 當午：中午，正午。

② 皆：都，全。

【解讀】

這是《憫農》詩的第二首，着重勸誡世人珍惜糧食，珍惜農民的勞動。我們在讀這首詩的時候，可以想像一下農民伯伯在烈日下辛勤勞作的情景，體會他們的艱辛，從而養成珍惜糧食、反對浪費的好習慣。

山行

〔唐〕杜 牧

遠上寒山石徑[①]斜，

白雲生處[②]有人家。

停車坐[③]愛楓林晚，

霜葉[④]紅於[⑤]二月花。

【作者】

杜牧（803—852），字牧之，號樊川，京兆萬年（今陝西省西安）人。宰相杜佑之孫，太和二年（828）進士。他少年時胸懷大志，但由於生活在牛李黨爭的時代，兩派對他都不重用，一生鬱鬱不得志，經常縱情詩酒。他是晚唐著名詩人，與李商隱齊名，並稱“小李杜”。現存詩二百餘首。

【註釋】

① 石徑：石頭小路。

② 白雲生處：白雲形成的地方，指高山深處。這四個字也寫作“白雲深處”。

③ 坐：因為。

④ 霜葉：楓樹等植物的葉子經過霜凍以後變成紅色，叫做霜葉。

⑤ 紅於：比……紅。

【解讀】

深秋時節，詩人驅車行進在山中小路上。天色已晚，遠方的高山籠罩了一層寒煙。山間白雲繚繞，有幾戶人家住在那裡。但是在素淡清冷的畫面中突然出現了一大片鮮紅的亮色：原來是大片的楓葉經過霜打以後全都變成了紅色，比春天的鮮花還要鮮艷。詩人大喜過望，不禁停下車來，細細觀賞這濃艷的深秋晚景。

清　髡殘《蒼山結茅圖》

清　明①

〔唐〕杜　牧

清　明　時　節　雨　紛　紛，

路　上　行　人　欲　斷　魂②。

借　問　酒　家　何　處　有，

牧　童　遙　指　杏　花　村。

【註釋】

① 清明：二十四節氣之一，在陽曆四月五日左右，在這一天有踏青掃墓的風俗。

② 斷魂：形容悶悶不樂、失魂落魄的樣子。

【解讀】

又是一年清明節，人們紛紛走出家門掃墓踏青，遊覽春光。可是天不作美，一場飄飄灑灑的小雨，給許多人帶來了麻煩，沒帶雨具的行人手忙腳亂，狼狽不堪。急急忙忙打聽哪兒有可以避雨、歇腳的小酒店，牧童的手指把行人的目光引向一處杏花盛開的地方。細雨杏花，正是清明時節有代表性的景物。讀着這首小詩，春天的氣息彷彿撲面而來。

江南春

〔唐〕杜牧

千里鶯啼綠映紅，

水村山郭①酒旗風。

南朝②四百八十寺③，

多少樓台煙雨中。

【註釋】

① 山郭：傍山的城郭。

② 南朝：指公元420年至589年中國歷史上定都建康（今江蘇省南京）的宋、齊、梁、陳四個朝代。

③ 四百八十寺：不是確數，形容寺廟之多。南朝時期的歷代統治者都信奉佛教，建造了大量宏偉輝煌的佛寺。

【解讀】

這首小詩列舉了春天江南的許多典型事物：啼鶯，紅花，綠樹，水村，山郭，風中酒旗，雨中佛寺。前面冠以“千里”二字，整個江南的春景就都概括在內了。曾經有人批評說：“千里鶯啼，誰人聽得？千里綠映紅，誰人見得？”認為應該把“千里”改成“十里”才勉強說得通。其實這種看法很可笑，因為即使是十里，大家也未必能聽到看到。豐富的想像與高度的概括，正是詩歌的生命力所在。在江南諸多美景中，佛寺獨具特色，南朝建立佛寺的歷代君王都已經成為過眼雲煙，惟有這些沒有生命的建築物，還保留在世上。面對這些歷史遺蹟，不免令人感慨萬千。

樂 遊 原①

〔唐〕李 商 隱

向 晚② 意 不 適③，

驅 車④ 登 古 原⑤。

夕 陽 無 限 好，

只 是 近 黃 昏。

【作者】

李商隱（813？—858？），字義山，號玉谿生，懷州河內（今河南省沁陽）人。開成二年（837）進士。他捲入牛、李黨爭中，受人排擠，只做過一些小官。他是晚唐著名詩人，與杜牧齊名，人稱“小李杜”。現存詩歌六百多篇。

【註釋】

① 樂遊原：唐代遊覽勝地，在長安東南，可以眺望長安全城。

② 向晚：傍晚。

③ 意不適：情緒不好，心裡不舒服。

④ 驅車：駕車，坐車。

⑤ 古原：即樂遊原，西漢時這裡曾經建有宮苑，所以稱作古原。

【解讀】

傍晚時分，詩人心緒愁悶，驅車來到樂遊原。此時晚霞滿天，整個世界籠罩在絢爛的光輝中。遠眺漸漸西下的夕陽，欣賞一天中這最後時刻的壯美，詩人不由得發出“夕陽無限好”的讚歎。但是轉念一想，黃昏馬上來臨，這片刻的美麗即將逝去，時光難駐，好景不長，心中又充滿無可奈何。這兩句既是寫景，又富於哲理，具有高度的概括性，意味深長、含義雋(juàn)永，因此有人把最後兩句看作是李商隱所生活的晚唐時代的寫照。

蜂

〔唐〕羅　隱

不　論　平　地　與　山　尖，

無　限　風　光　盡　被　佔。

採　得　百　花　成　蜜　後，

為　誰　辛　苦　為　誰　甜？

【作者】

羅隱（833—909），字昭諫，餘杭（今浙江省餘杭）人。本名橫，因為十次考進士都沒有考上，所以改名"隱"。他的詩多諷刺現實，常用口語。有詩集《甲乙集》。清人輯有《羅昭諫集》。

【解讀】

這是一首寓意深刻的小詩，詩人通過對蜜蜂這種小昆蟲的一生的描寫和思考，道出了自己對於社會人生的感慨。蜜蜂為了採花釀蜜，有時飛到平地，有時飛到山頂，彷彿佔盡無限風光，語氣中不無誇耀之意。可是詩人的一句反問，使這種誇耀和風光徹底破滅：採得百花，釀成蜂蜜，到底是為誰辛苦呢？最終又是誰從中獲益呢？有人認為這是諷刺那些整日蠅營狗苟、追逐名利之徒，他們辛辛苦苦聚斂財富，但是當死亡來臨時，不能帶走分文，徒然給後人留下笑柄。也有人認為這表現了對勞動人民的同情，他們辛辛苦苦勞動創造的成果都被統治者剝削去了，自己反倒缺衣少食，“為誰辛苦為誰甜”是憤激之語。兩種理解都有道理。

小兒垂釣

〔唐〕胡令能

蓬頭稚子①學垂綸②，

側坐莓苔③草映身。

路人借問遙招手，

怕得魚驚不應人。

【作者】

胡令能（生卒年不詳），少時家貧，曾為手工匠，以修補鍋盆等為業，人稱“胡釘鉸”。傳説有一天他夢見有人往他的腹中放了一卷書，從此就會寫詩了。後隱居於圃田（今河南省中牟）。《全唐詩》中現存其詩四首。

【註釋】

① 蓬頭稚子：頭髮亂蓬蓬的小孩子。

② 垂綸：釣魚。綸，釣魚用的絲線。

③ 莓苔：青苔。

【解讀】

這首小詩生動地刻畫了一個專心釣魚的農村孩子的形象。他頭髮亂蓬蓬的，一是因為年紀小還不知道梳理，二是因為一門心思都在釣魚上，顧不上。只見他小心翼翼側身坐在青苔上。地上長滿青苔，説明這裡少有人來，他怕人打擾，特意選了這麼一塊地方。他學着大人的樣子把釣絲垂在水中，等待魚兒上鈎，有意用草叢遮掩住身體，因為怕水中的魚兒看見自己的身影嚇跑了。好像一切都萬無一失了，偏偏這時有一個不識趣的過路人大聲嚷嚷着問路，小傢伙又急又惱，又不敢開口説話，只好連連衝路人擺手。是指路？是警告路人別説話？還是説自己不知道？這只有小傢伙和路人知道了。寥寥數語，將小傢伙那皺眉鼓嘴、煞有介事的神態寫得栩栩如生。

江 上 漁 者

〔宋〕范 仲 淹

江 上 往 來 人，

但 愛[①] 鱸 魚 美。

君 看 一 葉 舟，

出 沒 風 波 裡。

【作者】

范仲淹（989—1052），字希文，吳縣（今江蘇省蘇州）人。宋真宗大中年間進士。宋仁宗時守衛西北邊疆，阻止了西夏軍隊的侵擾。他是當時著名的文學家、政治家，有《范文正公集》。

【註釋】

① 但愛：只愛。

【解讀】

這首詩體現了詩人對於漁民等勞動人民的同情。在江面上來回過往的人們都對這裡味道鮮美的鱸魚讚不絕口。詩人卻由此想到了這鱸魚的來之不易：這是漁民駕着一葉小舟，在險惡的風波中上下顛簸，冒着生命危險捕獲的。李紳《憫農》中說：“誰知盤中餐，粒粒皆辛苦。”這裡我們同樣可以說：“誰知盤中魚，條條皆辛苦。”詩人心懷天下、憂國憂民的胸襟在這首詩裡充分體現了出來。

明　蔣嵩　《蘆浦漁舟扇面》

元日①

〔宋〕王安石

爆竹②聲中一歲除③，

春風送暖入屠蘇④。

千門萬戶曈曈⑤日，

總把新桃⑥換舊符。

【作者】

王安石（1021—1086），字介甫，號半山，臨川（今江西省撫州）人，宋代著名的政治家、文學家。他在宋神宗時曾兩度為相，推行新政變法，但由於保守派的反對，收效不大。晚年退居金陵（今江蘇省南京），封荊國公，世稱王荊公。他的散文寫得很好，是“唐宋八大家”之一；詩長於說理，遒勁有力。

【註釋】

① 元日：農曆正月初一，即春節。

② 爆竹：古人認為燒竹子發出的爆裂聲可以驅趕鬼妖，所以在正月初一這一天燃燒竹子，後來演變為放鞭炮。

③ 除：結束，過去。

④ 屠蘇：一種用屠蘇草浸泡而成的藥酒。中國古代的風俗，在正月初一這一天要喝屠蘇酒，可以辟邪消瘟。

⑤ 曈曈：太陽初升時明亮的樣子。

⑥ 新桃：新的桃符。中國古代的風俗，在桃木板上寫下兩位門神的名字，掛在門兩邊，可以辟邪消災。每年正月初一要更換新的桃符。

【解讀】

這首詩描述了中國宋代人民過春節的情形：家家戶戶放爆竹，喝屠蘇酒，更換桃符等等。全詩洋溢着辭舊迎新的喜悅之情。詩中寫的是大約一千年以前的事情，從中不難看出，我們今天過春節的許多風俗，比如放鞭炮、貼春聯等，雖然形式有所變化，但基本上繼承了古代的傳統。

泊船瓜州[1]

〔宋〕王安石

京口[2]瓜州一水間[3]，

鐘山[4]只隔數重山。

春風又綠江南岸，

明月何時照我還？

【註釋】

① 瓜州：也寫作"瓜洲"，在今江蘇省邗（hán）江縣南，是唐代的交通要道，大運河從這裡注入長江。

② 京口：今江蘇鎮江。

③ 間：間隔，隔開。

④ 鐘山：今南京紫金山，王安石第一次罷相後就居住在這裡。

【解讀】

王安石因為實行新法被罷相，後來又被起用，本詩就寫於赴任的途中。他從老家江寧（今江蘇省南京）出發到京城（今河南省開封）去，船曾在瓜州停靠。從瓜州回望家鄉，由於山川阻隔，已經看不見了。這次去朝廷擔任官職，雖然可以施展政治抱負，但是他清醒地知道：政治環境是嚴峻的，前途不會一帆風順，因此對於寧靜閒適的家園有許多留戀，盼望能早日回到家鄉。這首詩的第三句“春風又綠江南岸”中的“綠”字用得非常好，它原本是形容詞，這裡用作動詞，生動地表現了春天給大地帶來的勃勃生機。據說詩人曾經用過“到”、“來”、“滿”、“過”等動詞，都不滿意，最後才改成“綠”字。

書[1] 湖陰先生[2] 壁

〔宋〕王安石

茅檐[3] 長[4] 掃淨無苔，

花木成畦[5] 手自栽。

一水護田[6] 將綠繞，

兩山排闥[7] 送青來。

【註釋】

① 書：寫。

② 湖陰先生：楊驥，字德逢，號湖陰先生，是王安石退居江寧鐘山時的鄰居和朋友。

③ 茅檐：代指茅屋、草堂，這裡指包括茅屋在內的整個庭院。

④ 長：經常。

⑤ 畦：有土埂圍着的一塊塊排列整齊的田地，一般是長方形的。

⑥ 護田：護衛農田。

⑦ 排闥：推開門。排，推；闥，門。

【解讀】

王安石晚年退居江寧鐘山，寫了許多優美的風景詩，這就是其中的一首。這首詩寫在詩人的朋友楊驥家的牆壁上，楊驥性情高潔，隱居不仕，他居住的環境也潔淨清幽，纖塵不染：茅屋雖然簡陋，但由於主人喜歡清潔，經常打掃，甚至連青苔也看不見。庭院中還有疏落有致的樹木花草，都是由主人親手栽種而成，更顯得情趣盎然。後兩句寫放眼望去的山水風光，一彎碧綠的流水圍護着田野，遠處的隱隱青山與近處的蔥蘢花木互相輝映，自然界的勃勃生機彷彿撲面而來。在這生動傳神的描寫中，詩人還特別講究用典和修辭，尤其是最後兩句，對仗非常工整，其中“護田”、“排闥”都是出自《漢書》的典故，前人稱之為“史對史”、“漢人語對漢人語”。

六月二十七日①望湖樓②醉書③

〔宋〕蘇 軾

黑雲翻墨④未遮山，

白雨跳珠⑤亂入船。

捲地風來忽吹散，

望湖樓下水如天。

【作者】

蘇軾（1037—1101），字子瞻，號東坡居士，眉山（今四川省眉山）人。宋代偉大的文學家，他在散文、詩詞、書畫方面的成就都很高，是“唐宋八大家”之一，豪放詞派的創始人，他的詩豪放自然，富有理趣。他做官期間關心人民疾苦，反對王安石變法中的過激措施，因此屢次被貶。他的父親蘇洵、弟弟蘇轍也是著名文學家，合稱“三蘇”。

【註釋】

① 六月二十七日：指宋神宗熙寧五年（1072）的六月二十七日。當時蘇軾正在杭州做官。

② 望湖樓：又叫看經樓，五代時修建，在杭州西湖邊上。

③ 醉書：在喝醉時寫的詩。

④ 黑雲翻墨：墨黑的烏雲就像打翻的墨汁。

⑤ 白雨跳珠：雨點像跳躍的白色珍珠。

【解讀】

這首詩描寫了夏季西湖陣雨的情景。人們常説“六月天，孩兒臉”，形容夏日天氣的陰晴不定、變化無常。詩人坐在望湖樓上飲酒，恰好看到了陰晴變化的整個過程。晴朗的天空忽然之間就烏雲滾滾，電閃雷鳴。詩人使用了兩個形象的比喻：翻滾的烏雲像被打翻的墨汁，群山在烏雲間若隱若現，亂跳的雨點像白色的珍珠，亂紛紛地跳進船裡。一陣大風吹過，滿天烏雲散開，雨過天晴，風平浪靜，水天一色。形象的比喻，生動的筆觸，使得讀者彷彿身臨其境。

《點石齋叢畫》

飲湖上① 初晴後雨

〔宋〕蘇 軾

水光瀲灩②晴方③好，

山色空濛④雨亦奇。

欲把西湖比西子⑤，

淡妝濃抹⑥總相宜⑦。

【註釋】

① 飲湖上：在湖中飲酒。湖，即西湖。

② 水光瀲灩：水面波光粼粼的樣子。

③ 方：正。

④ 山色空濛：指在細雨中山色空靈迷濛。

⑤ 西子：指古代美女西施。

⑥ 淡妝濃抹：淡雅的裝扮或者濃艷的裝扮。

⑦ 相宜：合適。

【解讀】

這首詩也是詩人在杭州做官期間寫的，也是寫雨景，但是和前一首詩側重點有所不同。上一首詩是描寫具體的一場陣雨，這首詩則是通過一次晴雨變化，對西湖作出了總體評價。晴天的西湖是一種美，雨中又別有情趣，是另一種美，二者各有千秋。詩人靈機一動，把西湖比作美女西施。西湖和西施僅一字之差，彷彿有着天然的聯繫，詩人信手拈來，涉筆成趣。這個比喻非常成功，直到今天，人們還經常把西湖稱作“西子湖”。

惠崇[1]《春江曉景》[2]

〔宋〕蘇軾

竹外桃花三兩枝，

春江水暖鴨先知。

蔞蒿[3]滿地蘆芽[4]短，

正是河豚[5]欲上時[6]。

【註釋】

① 惠崇：宋代名僧，能詩善畫，尤其擅長畫鴨、鵝、雁等禽類及河湖水景，是蘇軾的好朋友。

②《春江曉景》：惠崇的一幅畫的名字，已經逸失了。

③ 蔞蒿：一種生長在低洼地的草本植物，嫩莖可以食用。

④ 蘆芽：蘆葦的嫩芽，可以食用。

⑤ 河豚：魚名。春天迴游產卵，是捕獲的最佳季節。肉味

鮮美，但是肝臟等部位有劇毒。

⑥ 欲上時：快要上市的時候。

【解讀】

這是蘇軾為朋友惠崇《春江曉景》圖題寫的詠圖詩。從詩中不難看出，畫面的主角是在江中戲水的鴨子，背景中有竹子、桃花、蔞蒿、蘆芽等。看到鴨子戲水江中，詩人不由得想到，江水回暖了，春天已經到了，河豚該上市了。通過詩人的生花妙筆，一幅春意盎然、意境清新的畫作彷彿就在眼前。

清　華嵒《桃潭浴鴨圖軸》

題 西 林 壁[1]

〔宋〕蘇 軾

橫 看 成 岭 側 成 峰，

遠 近 高 低 各 不 同。

不 識 廬 山[2] 真 面 目，

只 緣[3] 身 在 此 山 中。

【註釋】

① 西林壁：廬山西林寺的牆壁。

② 廬山：中國名山之一，在江西省境內。

③ 緣：因為。

【解讀】

元豐七年（1084），蘇軾在廬山中遊覽停留了十多天，寫了一系列詩作，這是其中之一，當時題寫在西林寺的牆壁上。宋人寫詩比較注重在詩歌中闡述哲理，這首詩就是如此。前兩句寫景：廬山面貌千姿百態，從不同的角度看，呈現出不同的風貌。後兩句寫詩人由此產生的感悟：為什麼無法看清廬山的整體面貌呢？原因很簡單，因為自己處身於廬山之中，視野受到限制。生活中很多事情都是如此：旁觀者清，當局者迷。現在"廬山真面目"已經成為我們生活中常用的成語，這首小詩揭示的哲理也已經被大家接受。

夏日絕句

〔宋〕李 清 照

生當作人傑①，

死亦②為鬼雄③。

至今思項羽④，

不肯過江東⑤。

【作者】

李清照（約1084—1151），號易安居士，濟南（今山東省濟南）人，宋代著名女詞人。她早年生活優裕，婚姻美滿，這一時期的作品多抒寫閨愁相思。金兵入侵後，她跟隨丈夫南渡，不久丈夫病故，生活發生了急劇變化，從此顛沛流離，這一時期的作品充滿故土之思和身世之感，風格淒苦低沉。有《漱玉集》。

【註釋】

① 人傑：人中的豪傑。

② 亦：也。

③ 鬼雄：鬼中的英雄。

④ 項羽：秦末起義軍領袖，曾率領軍隊消滅秦軍主力，自立為西楚霸王。後與劉邦爭奪天下，被劉邦打敗，突圍至烏江（在今安徽和縣），自刎（wěn）而死。

⑤ 江東：指長江下游一帶，是項羽的老家和根據地。項羽突圍到烏江以後，烏江亭長勸他渡江召集人馬等待時機，東山再起。項羽認為當初自己帶領八千子弟過江，現在自己一個人回去，無顏見江東父老，於是自殺。

【解讀】

李清照是中國歷史上著名的婉約派女詞人，詩作不多。這首《夏日絕句》作於南渡之後，當時李清照流落江南，生活困苦，親身經歷了國破家亡的痛苦，因此對南宋小朝廷苟且偷安、不思收復失地的行為非常不滿。詩中借用西楚霸王項羽失敗後不肯苟且偷生、自刎烏江的歷史故事，諷刺南宋小朝廷的投降逃跑主義，表示了希望抗戰、恢復故土的思想情懷。“生當作人傑，死亦為鬼雄”兩句，尤其鏗鏘（kēngqiāng）有力，擲地有聲。

示兒[1]

〔宋〕陸　游

死去元知[2]萬事空，

但悲[3]不見九州同[4]。

王師[5]北定中原日，

家祭[6]無忘[7]告乃翁[8]。

【作者】

陸游（1125—1210），字務觀，號放翁，越州山陰（今浙江省紹興)人。他是中國南宋時期偉大的愛國詩人，詞和散文的成就也很高。他一生中寫了將近一萬首詩，其中許多涉及政治時事，批評朝廷的投降主義，主張抗戰殺敵，收復故土，統一中國，詩風慷慨激昂。

【註釋】

① 示兒：寫給兒子們看。陸游一共有六個兒子。

② 元知：原來就知道。

③ 但悲：只是為……悲傷。

④ 九州同：統一中國。古代中國分為冀、兗、青、徐、揚、荊、豫、梁、雍九個州，後來就用九州指代中國。

⑤ 王師：朝廷的軍隊。

⑥ 家祭：家中對祖先的祭祀。

⑦ 無忘：不要忘記。

⑧ 乃翁：你們的父親，這裡是陸游自指。

【解讀】

這首《示兒》是八十五歲的老詩人陸游的臨終絕筆。詩人明知死去以後萬事皆空，但心中仍然念念不忘國家的統一。這是他畢生為之奮鬥的目標，但是由於南宋小朝廷的軟弱，由於主和派的阻撓，終於沒能實現。詩人死不瞑目，在遺囑中交代兒孫們一旦傳來勝利的消息，一定要在祭祀的時候告訴自己。詩中表現的愛國主義值得我們學習。

秋夜將曉①出籬門②迎涼③有感

〔宋〕陸游

三萬里河④東入海，

五千仞⑤嶽⑥上摩天⑦。

遺民⑧淚盡胡塵⑨裡，

南望王師⑩又一年。

【註釋】

① 將曉：天快亮的時候。

② 籬門：柴門。

③ 迎涼：出門乘涼。

④ 河：指黃河。

⑤ 五千仞：古代一仞為七尺或八尺。五千仞，形容山極高。

⑥ 嶽：指西嶽華山。

⑦ 上摩天：向上能摩擦到天空，形容山極高。

⑧ 遺民：指淪陷在金人佔領區的人民。

⑨ 胡塵：金人兵馬踐踏揚起的塵土。胡，古代對北方少數民族的稱呼。

⑩ 王師：朝廷的軍隊。

【解讀】

這首詩寫於1192年，當時詩人陸游已經六十八歲了，退居山陰老家。初秋時節的一個黎明，他像普通的老農一樣出門乘涼。剛走出籬門，一陣涼風吹來，詩人不由得回頭北望，他彷彿看到了三萬里黃河東流入海，看到了五千仞華山直指蒼天，想到祖國的大好河山如今仍在金人的統治之下，想到無數同胞仍然生活在金人的統治之下，心中充滿辛酸和悲憤。詩人兩歲的時候，金人就佔領了中原，而今六十多年過去了，朝廷苟且偷安，不圖進取，淪陷地的老百姓盼望收復，卻空空地等了一年又一年。詩中充滿了對南宋小朝廷的不滿和對淪陷區人民的同情。

四時[1]田園雜興[2](選一)

〔宋〕范成大

晝出耘田[3]夜績麻[4]，

村莊兒女各當家[5]。

童孫[6]未解[7]供[8]耕織，

也傍[9]桑陰[10]學種瓜。

【作者】

范成大(1126—1193)，字致能，號石湖居士，吳郡(今江蘇省蘇州)人。曾出使金國，不辱使命而歸。後長期擔任地方官，關心民間疾苦。他的田園詩自成一格，影響很大。與陸游、楊萬里、尤袤齊名，稱“南宋四大家”。

【註釋】

① 四時：四季。

② 雜興：相當於隨筆，隨感。

③ 耘田：鋤草，除去田中雜草。

④ 績麻：紡麻，把麻搓成線。

⑤ 當家：管理家事，撐持門戶。

⑥ 童孫：小孫子，這裡指兒童。

⑦ 未解：不知道，不懂。

⑧ 供：擔任，承擔，參加。

⑨ 傍：靠近。

⑩ 桑陰：桑樹的樹陰。

【解讀】

范成大六十一歲時，在石湖養病，其間寫下了六十首田園詩，分為"春日"、"晚春"、"夏日"、"秋日"、"冬日"五組，每組十二首。這一首選自"夏日"。詩中描繪了初夏時節鄉村農民辛勤勞作的情景。最後兩句尤其精彩：就連無憂無慮的小孩子們遊戲的內容也是農業勞動：模仿大人在樹下種瓜。這種富於生活情趣的鄉村場景，不熟悉農村生活的人是寫不出來的。

四時田園雜興（選二）

〔宋〕范成大

梅子金黃杏子肥①，

麥花雪白菜花稀②。

日長③籬落④無人過，

惟有蜻蜓蛺蝶⑤飛。

【註釋】

① 肥：指果實飽滿碩大。

② 稀：稀疏，指油菜花凋落，開始結果實。

③ 日長：指夏天的白天很長。

④ 籬落：籬笆，用樹枝或竹子綑紮而成，充當圍欄、院牆。

⑤ 蛺蝶：蝴蝶的一種，翅膀為赤黃色，有黑色條紋。

【解讀】

這一首也選自《四時田園雜興》中的“夏日”，景物描寫清新優美。詩的前兩句中，詩人列舉了四種植物在初夏時分的色彩和情態，以少總多，精練傳神地再現了江南鄉間草木繁茂、色彩繽紛的美麗景致。第三句“日長”、“無人”更顯出田園風光的和平寧靜，而末句中紛亂飛舞的蜻蜓、蝴蝶，為這幅清新的靜態畫面增添了無限的動感和生機。

明　戴進　《葵石蛺蝶圖軸》

小池

〔宋〕楊萬里

泉眼①無聲惜②細流，

樹陰照水③愛晴柔④。

小荷才露尖尖角⑤，

早有蜻蜓立上頭。

【作者】

楊萬里（1127—1206），字廷秀，號誠齋，吉水（今江西省吉水）人。他寫詩開始學習江西派，後來學習王安石等人，最終自成一派，稱為“誠齋體”。他的詩語言通俗易懂，不堆砌古典，彷彿脱口而出，清新自然活潑。七絕寫得很好，以寫景詠物見長。共存詩四千二百多首，有《誠齋集》。

【註釋】

① 泉眼：泉水流出的小口。

② 惜：愛惜。

③ 樹陰照水：樹的陰影倒映在水中。

④ 晴柔：晴明柔和。

⑤ 尖尖角：指剛剛長出的、緊捲着的小荷葉，樣子像角。

【解讀】

這首小詩描寫的對象是“小池”，時間鎖定在初夏，詩人精心地選擇典型意象，處處寫其小而可愛：一線細細的泉水無聲無息地流淌進小池，彷彿是泉眼愛惜水流。一片樹陰遮住了水面，灑下點點光斑。嫩小的荷葉剛剛伸出水面，還沒有展開葉片，一隻小巧的蜻蜓輕輕地落在上面。整個場景清新、恬靜，同時充滿生趣，像一幅優美的特寫照片。

曉[1]出淨慈寺[2]送林子方[3]

〔宋〕楊 萬 里

畢　竟[4]　西　湖　六　月　中，

風　光　不　與　四　時[5]　同。

接　天　蓮　葉[6]　無　窮　碧，

映　日　荷　花　別　樣[7]　紅。

【註釋】

① 曉：早晨。

② 淨慈寺：杭州西湖南的一座寺院。

③ 林子方：作者的一位朋友。

④ 畢竟：到底。

⑤ 四時：指春夏秋冬四季。這裡是指除夏天以外的其他三個季節。

⑥ 接天蓮葉：荷葉無窮無盡，一望無際，與天相接。

⑦ 別樣：不一樣地，特別地。

【解讀】

西湖很早以來就是遊覽勝地，四季風光各有特色，“淡妝濃抹總相宜”。很多詩人為它留下了優美的詩篇，這就是其中的一首。六月的一個清晨，詩人在湖邊送別朋友。面對湖中一望無垠的荷花，詩人按捺不住內心的驚喜與讚歎，開口就說“畢竟西湖六月中，風光不與四時同”。“無窮”和“別樣”兩個修飾語，更強調了這種驚喜與讚歎之情。

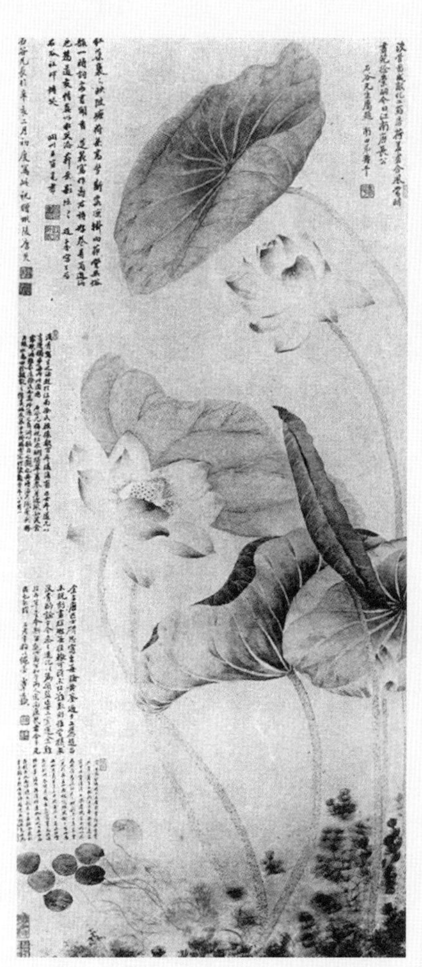

清　唐熒《紅蓮圖》

春日

〔宋〕朱 熹

勝 日[1] 尋 芳[2] 泗 水[3] 濱[4]，

無 邊 光 景[5] 一 時 新[6]。

等 閒[7] 識 得 東 風 面，

萬 紫 千 紅 總 是 春。

【作者】

朱熹（1130—1200），字元晦，號晦庵，別號紫陽，徽州婺源（今江西省婺源）人。他是宋代理學的集大成者，也是著名的教育家。他的《四書集註》曾經是明清時代科舉考試的必讀書，被後世儒者尊稱為“朱子”。他的詩大多是為了闡述哲理，有一些好詩哲理和形象結合得比較成功。

【註釋】

① 勝日：春光明媚、風和日麗的好日子。

② 尋芳：探尋觀賞風景。

③ 泗水：河名，在山東東部，發源於泗水縣，流入淮河。傳説孔子曾經在這裡講學傳道。

④ 濱：水邊。

⑤ 無邊光景：無限的風景、風光。

⑥ 一時新：頓時面目一新。

⑦ 等閒：輕易，隨便。

【解讀】

從字面上來看，這是一首遊春詩：詩人到泗水河邊觀賞春景，見識了萬紫千紅的春天。但是，實際上在詩人生活的時代，泗水一帶早已被金人佔領，生活在江南的朱熹根本不可能到那裡去。這首詩實際上講的是理學。詩人用“泗水”比喻孔子的學説，用“尋芳”比喻尋求聖人之道，“東風面”和“春”都是比喻聖人學説的真諦“仁”。意思是説：我到孔門尋求聖人之道，終於找到了聖人學説的真諦。要是直接這樣説當然很枯燥，朱熹就使用了一系列的比喻，使枯燥的道理形象化，容易被人接受。

宋　馬遠　《山徑春行圖冊》

題臨安邸①

〔宋〕林 升

山外青山樓外樓，

西湖歌舞幾時休②？

暖風③熏得遊人④醉，

直⑤把杭州作汴州⑥。

【作者】

林升，南宋孝宗淳熙年間的一位讀書人，生平不詳。

【註釋】

① 臨安邸：臨安的旅店。臨安，南宋的首都，即詩中所說

的杭州，在今浙江杭州。

② 休：停止。

③ 暖風：這裡不僅指自然界的風，還指由歌舞帶來的令人沉迷的“暖風”。

④ 遊人：這裡不是指普通的遊人，而是指那些醉生夢死、不顧國家危亡的官員。

⑤ 直：簡直。

⑥ 汴州：北宋的首都，在今河南開封。

【解讀】

這是一首政治諷刺詩。北宋滅亡後，在臨安建立了南宋小朝廷，但當權者並沒有吸取滅亡的教訓，他們不圖進取，歌舞昇平，偏安一隅（yú）。一位有着清醒政治頭腦和憂患意識的普通讀書人把這首詩寫在臨安一家旅店的牆上，向醉生夢死的統治者提出警告。可惜最高統治者根本聽不進去，依舊苟且偷安，得過且過。這首詩在當時廣為傳誦，可見切中時弊。

遊園不值①

〔宋〕葉紹翁

應憐②屐齒③印蒼苔④，

小叩⑤柴扉⑥久不開。

春色滿園關不住，

一枝紅杏出牆來。

【作者】

葉紹翁，南宋江湖派詩人，生卒年不詳，字嗣宗，號靖逸，曾長期隱居在錢塘一帶。

【註釋】

① 不值：沒有遇到主人。

② 憐：憐惜，愛惜。

③ 屐齒：木底鞋下的兩道高齒，用於防滑。

④ 印蒼苔：踩壞了青苔。

⑤ 小叩：輕輕地敲。

⑥ 柴扉：用木條樹枝編製的簡陋的門。

【解讀】

詩人想去朋友的花園中觀賞春色，但是敲了半天門，也沒有人來開。主人大概不在家。也許是擔心遊人踏壞了地面的青苔，故意不開門。但是一扇柴門，雖然關住了遊人，卻關不住滿園春色，一枝紅色的杏花，早已探出牆來。蓬勃旺盛的生命力，是任何東西都阻攔、壓制不了的。

鄉村四月

〔宋〕翁卷

綠滿山原白滿川①，

子規②聲裡雨如煙。

鄉村四月閒人少，

才了③蠶桑又插田④。

【作者】

翁卷，南宋詩人，生平事蹟不詳，字續古，一字靈舒，永嘉（今浙江省溫州）人，一生沒有做官。與趙師秀、徐照、徐璣合稱“永嘉四靈”，其詩大多講求技巧，詩風清苦。

【註釋】

① 川：平川，平地。

② 子規：杜鵑鳥。

③ 了：完結，結束。

④ 插田：插種稻秧。

【解讀】

這是一首描寫春末夏初時節江南鄉村風光的詩歌。山坡田野間草木茂盛，綠意盎然；平展的稻田裡波光粼粼。天空中煙雨濛濛，杜鵑聲聲。但是繁忙的農夫卻無暇欣賞這自然美景，詩的後兩句明白如話地道出了春末夏初時節農事的繁忙，給人一種“一年之計在於春”的啟示。在這首小詩中，詩人不僅表現出對鄉村風光的熱愛與欣賞，更表現出對勞動生活、勞動人民的讚美。

墨梅[1]

〔元〕王冕

吾家洗硯池[2]頭樹，

個個花開淡墨痕[3]。

不要人誇好顏色，

只流清氣滿乾坤[4]。

【作者】

王冕（1287—1359），字元章，別號煮石山農，諸暨（今浙江省諸暨）人。元代著名畫家、詩人。小時候家裡很窮，他一面放牛，一面自學，終於成名。晚年歸隱九里山。著有《竹齋集》。

【註釋】

① 墨梅：用淡墨畫的梅花。

② 洗硯池：傳說晉代大書法家王羲之練習書法時，在池子裡洗毛筆，池水都變成了黑色。

③ 淡墨痕：指畫梅花時使用淡墨勾勒。

④ 乾坤：天地。

【解讀】

這是一首題畫詩，題在詩人自己畫的墨梅圖上。詩中說的“吾家洗硯池頭樹”，就是指畫家筆下的梅樹。生活中的梅花有鮮艷的色彩，但王冕只使用墨色的濃淡來勾勒。“不要人誇好顏色”一語雙關，表明了詩人不肯取媚世俗、不肯隨流同俗、決心潔身自好的美好品德。這實際上是詩人的自我寫照。

元　王冕　《梅花圖》

石灰吟

〔明〕于　謙

千錘萬擊出深山①，

烈火焚燒若等閒②。

粉身碎骨渾③不怕，

要留清白④在人間。

【作者】

于謙（1398—1457），字廷益，號節庵，錢塘（今浙江省杭州）人，永樂年間進士，官至兵部尚書。明代著名軍事家、詩人。他的詩多憂國憂民或表現自己的堅貞情操，語言樸素自然，不事雕琢。

【註釋】

① 出深山：石灰是使用從山中開採的石頭燒製而成的。

② 等閒：輕鬆平常的事情。

③ 渾：全。

④ 清白：石灰是白色的，這裡與為人的"清白"語意雙關。

【解讀】

這首《石灰吟》是一首託物言志詩。詩人用石灰歷盡磨難的煉製過程來比喻完美人格的磨煉過程。只有經過不惜千錘百煉、粉身碎骨的艱苦磨煉，才能形成高尚的人格，才能獲得成功。這種百折不撓的精神今天仍然值得我們學習。一生"清白"，就是詩人追求的人生目標。全詩意象鮮明，比喻恰當，是一首有教育意義的好詩。

竹 石

〔清〕鄭　燮

咬　定　青　山　不　放　鬆，

立　根　原　在　破　岩[1]　中。

千　磨　萬　擊　還　堅　勁[2]，

任　爾[3]　東　西　南　北　風。

【作者】

鄭燮（1693—1765），字克柔，號板橋，興化（今江蘇省興化）人。乾隆元年中進士後，曾先後當過十餘年知縣，後來寄居揚州，靠賣畫為生。是清代著名的詩人、畫家，"揚州八怪"之一，善於畫竹子。

【註釋】

① 破岩：岩石縫隙。

② 堅勁：堅韌剛勁。

③ 任爾：隨便你。

【解讀】

這是一首題畫詩。鄭板橋的竹子畫得很好，題畫詩也寫得很好，詩中經常寄寓着深刻的含義。一叢生長在青山破岩艱苦環境中的竹子，在勁風中傲然挺立。這象徵了詩人自己面對種種艱難困苦，寧折不彎，決不向任何惡勢力屈服的品格和不肯與黑暗社會同流合污的錚錚傲骨。

清　鄭板橋　《墨竹圖軸》

所見

〔清〕袁 枚

牧童騎黃牛，

歌聲振林樾①。

意欲②捕鳴蟬③，

忽然閉口立。

【作者】

袁枚（1716—1797），字子才，號簡齋，錢塘（今浙江省杭州）人。乾隆四年（1739）進士。曾任溧水、江寧等地的地方官。後退居江寧，在小倉山築隨園，世稱隨園先生。他是清中葉著名詩人，寫詩主張性靈，自成一格。有《小倉山房詩文集》、《隨園詩話》等。

【註釋】

① 林樾：眾多樹木合成的樹陰。

② 意欲：想要。

③ 鳴蟬：鳴叫的知了。

【解讀】

這首詩成功地捕捉到了兒童瞬間的神態變化，刻畫了一個活潑可愛的牧童形象：牧童騎着黃牛，一邊行走一邊自由自在地大聲歌唱，聲音把樹林都振動了。忽然歌聲停了下來，只見他緊閉嘴巴，眼睛盯着樹上。為什麼呢？原來他想捕捉樹上正在鳴叫的知了，怕歌聲把它驚跑了。

清　楊晉　《牧牛圖扇》

己亥①雜詩

〔清〕龔 自 珍

九 州② 生 氣③ 恃 風 雷④，

萬 馬 齊 喑⑤ 究⑥ 可 哀。

我 勸 天 公⑦ 重 抖 擻⑧，

不 拘 一 格⑨ 降⑩ 人 才。

【作者】

龔自珍（1792—1841），號定庵，仁和（今浙江杭州）人。清代進步的思想家和文學家。他的詩反映了鴉片戰爭前夕黑暗的社會現實，具有渴望變革、追求理想的精神。他的作品對近代文學影響很大。

【註釋】

① 己亥：指道光十九年（1839）。這一年裡龔自珍辭官南歸，後來又北上迎接家屬，在路途中寫了三百五十首短詩，這是其中的第一百二十五首。

② 九州：指中國。

③ 生氣：煥發生機，生氣勃勃。

④ 恃風雷：恃，依靠。風雷，本指風神、雷神，這裡比喻疾風迅雷般的社會變革。

⑤ 喑：啞。比喻在高壓政治下，大家都不敢說話。

⑥ 究：畢竟。

⑦ 天公：天帝，在這裡指清朝皇帝。

⑧ 重抖擻：重新振作精神。

⑨ 不拘一格：不拘守一定的規格。

⑩ 降：賜予，給予。這裡有選用、產生的意思。

【解讀】

鴉片戰爭前夕，中國社會在腐朽的清王朝的統治下已經風雨飄搖，危在旦夕。國內矛盾激化，西方列強虎視眈（dān）眈，在內憂外患的夾擊之下，國家仍然萬馬齊喑、毫無生氣。這一切都使得頭腦清醒的士人產生了強烈的危機感和憂患意識，龔自珍就是其中的一員。他用詩歌的形式，大聲呼喚變革，呼喚人才，呼喚新思想，表現了強烈的社會責任感和政治熱情。

村居

〔清〕高 鼎

草長鶯飛二月天，

拂堤楊柳①醉春煙。

兒童散學②歸來早，

忙趁東風放紙鳶③。

【作者】

高鼎，字象一，又字拙吾，仁和（今浙江省杭州）人。清代詩人，生平事蹟不詳，主要生活在咸豐（1851—1861）年間。其詩善於描寫自然風光。

【註釋】

① 拂堤楊柳：指垂柳的枝條輕拂堤岸。

② 散學：放學。

③ 紙鳶：風箏。鳶，鷹的一種。

【解讀】

這首詩描寫了春天鄉間的風景：早春二月，綠油油的小草鑽出地面，群鶯亂飛，剛吐嫩芽的垂柳，在風中輕拂堤岸，遠遠望去，迷濛的春煙令人心醉。小孩子們早早就放學了，憋悶了整整一個冬天，他們也感受到了這浩盪的春風，快快活活地放起了風箏。